———— 阅读之前 没有真相

午夜文库

新版序言

  本书是我以文泽尔为笔名出版的第一部长篇侦探小说,"文泽尔"也是书中侦探的名字。小说完成于二〇〇五年,大约是我在德国居住满第四年的春末时分。直至今日,我也没能完全摆脱这部小说对我后继创作的影响——无论对谁而言,原点的价值都不可估量。

  虽然是系列的第一部长篇,但却并不是最先完成的篇目。在本书之前,尚有《让最后一缕光芒消散》《无弦小提琴》《白矮星》《Erinyes》这四个中篇发布,是它们确立了该系列小说的基调,并完善了"自由意志市"这座虚构城市的血肉。《冷钢》是类似前传的故事,它在小说层面下的内藏主旨,其实是对远去岁月的一次怀旧。二〇〇五年相对于今日来讲也已算是旧时光,如今这些书能够再版,重新拥有沿着多年前规划的道路继续发展下去的可能性,实在很值得鼓起劲来,继续写下去。最开始的四个中篇里面,相对篇幅较长的《白矮星》和《Erinyes》作为当年颇受欢迎的姊妹连作,已经在保留核心诡计的前提下被扩写为长篇(《Erinyes》更名为《黑暗的女儿》)。得益于日渐丰富的"自由意志市"细节与系列角色设定,改写工作进行得很顺利,某些此处尚不可言说的、涉及整个系列全部作品的大型诡计布局也颇为精巧地植入了字里行间。

如果您是初读该系列的读者，下面是建议的阅读顺序：

《冷钢》
《荒野猎人》
《千岁兰》
《特奎拉日升》
《白矮星》
《黑暗的女儿》
《穷举的颜色讲义》
《让最后一缕光芒消散》
《无弦小提琴》

其中《荒野猎人》和《穷举的颜色讲义》为相对独立的"自由意志市大系"作品。它们与侦探文泽尔基本无关，但却与夏哀·哈特巴尔先生这位虚构的重要人物紧密相连。上述顺序并非强制要求，随意抽取其中一本来消遣，也不至于泄露其他任何一本的秘密。但是，如果打算洞悉某个将在我们自身的未来时空&自由意志市的过去时空揭晓的谜题，顺序却是相当重要的——甚至可以说是不可或缺的。

我是个特别喜欢在地球各处旅行的人。世界很大，几十年间，不知不觉，已去过超过五十个国家和地区了。还记得二〇〇七年时，我曾经因为研究所派遣开会的缘故，前往的黎波里，在离红堡步行不远处的一处意占时期建筑里，被半强制地要求参观了利比亚现代文化艺术博物馆。那儿其实是个搞卡扎菲个人崇拜的地方，内容九成是卡扎菲的丰功伟绩宣传，还有一些号称伟大艺术的作品。

利比亚内战期间，这里被整个炸掉了，里面少数有价值的藏品最终并入红堡。后来再去利比亚，物是人非，过去熟悉的场景和气氛都已消失，取而代之的是全新的国家、人民和风气……

一座几乎无人在意的博物馆的消失，这件看似微不足道的小事，却意外给了我极大的触动。曾经体量庞然的事物，而今在现实层面上已荡然无存，相对也很少有人会去怀念它。我总是因为类似的事情感到难受，即使从理性层面上讲，并没有什么值得去难受的动机，即便如此也没法控制住自己的情绪。对于形单影只的人类个体而言，十年二十年的时间算是什么，只是各种经验与记忆的累积么？抑或人间连续性的体悟呢？我不敢否认漫长岁月中浑浑噩噩而过的那些时光，但是，此刻能够忆起的心灵触动同样也很多。然而，那些图景在我脑海中不可避免地逐渐模糊，逐渐被插入了许多不易察觉的错误，慢慢变得与过去的真实相去甚远，成了一系列根基薄弱的美好愿望。

为什么写作？这是我经常会问自己的一个问题。它并没有什么固定的答案，只是问过后会让自己感到稍微心安而已，算是对当下的一种欺骗。修订这份历史久远的书稿时，我问了自己同样的问题，然后又逐渐在小说的细枝末节中摸索出了一种答案：我实在太想留住那些注定会逝去的东西了。大家读到这本书时，会看到许多外文注释——对于一个中文写作者而言，这样做是有必要的么？理性上讲，似乎确实没什么必要，甚至可以说是荒谬的。但那是二〇〇五年的我，一个急于将现实生活中方方面面的遭遇记录下来的年轻人，二十二岁的年纪，害怕所有逝去的和行将遗忘的，会将自己遇到的一切现实图景，那些图像、字母组合、数字……凡使心灵有所触动的客体，哪怕在常人看来再怎么细碎无聊，都要马上取笔记录下来。当时的我，总是随身携带一册在柏林的二手市场买来的日历型记事本——黑色皮面，日历是一九八七年的，开本挺大，接近A4。现在看来，有点像是《真探》第一季里的Rust——什么都写，写，写，匆匆忙忙地记录、提炼。然后，所有这些紧抓住稍纵即逝的时机遗留下来的碎片，无数的碎片，又被当时的我以一种异乎寻常的耐力编织成网，甚至为此创造出了一座虚构的城市。小说，这是一种相当方便易用的文字集合体，允许使用虚构，使用一切处心积虑或者灵机一动的想法，来反映写作者完成每一段落时的即时状态。故此，《冷钢》包裹在走访式探案外衣底下的部分，也有些自然主义的成分，它只是被很好地伪装了起来，不至于折损类型小说的本分。

单就《冷钢》而言，由于这许多碎片的嵌入，小说整体上又表现为一整个纷繁复杂的谜团，其中牵连进数不胜数的各类谜题。至于这些"琐碎"的谜题是否真如二〇〇五年的原序中所言，是能够成为反复阅读动力的设计，那恐怕要视读者的闲散程度而定了。《冷钢》和《荒野猎人》是我埋入过最多隐藏秘密的小说，前者直白，后者隐晦，不过前者中埋藏着的秘密，却又与系列几十部已经完成或尚处于提纲阶段的小说紧密相连，如自由意志市的交通图一般，是一套极为巨大、内容细致入微的网络——或者说，一个精力过剩的年轻人花费大量时间密谋的棋局，一座至今仍在潜伏休眠着的火山。

我已经不再处于自己虚构创作的青年时代了。成熟创作的一个特点，就是不再匆忙，守得住时间，将故事慢慢讲出来。然而，选择必然意味着失去，如今回望青年时代的这一摞作品，从《冷钢》到《荒野猎人》，我或许已经失去了独属于那个时期的粗粝活力。在对《冷钢》的修订刚刚开始的时候，我曾经摩拳擦掌，想要对这部十多年前的作品进行大修——期冀达成的，是类似从永井豪编剧的一九七二年版《恶魔人》到汤浅政明执导的《DEVILMAN Crybaby》那样改头换面的变化。狭隘的我，原本以为那种"变化"将会是"进化"哩。现在看来，说到底也只是精致化、复杂化罢了。令和是不是就比昭和先进呢？恰恰相反，那些可能很难找回来的"粗粝"，恐怕才是此次修订中最难能可贵的部分。

所以能做的就是打磨，细致打磨掉那些明显有问题的地方：常识性的错误、基本技巧的缺陷……如此这般，艰难之处已经不再是"修改"，而是"不修改"——很难做到不用现在的成见去打击过去的成见。最终，我还是保留了大量如今会被判定为"错误"的写法，这样做无疑是在冒险，一个旧日的幻影毛毛躁躁地闯过来，对今日的存在造成损害……损害就损害吧，我选择温柔地待他。

《冷钢》本身是一部走访式的侦探作品，是过去对更久远过去的怀旧，它在一些形式化的东西上属于欧美黄金时代。虽然在此次的新序当中提到了好几处与日本相关的元素，小说里又有武士刀贯穿始终，但《冷钢》实际上是非常不日系的一部作品。因为始终无法压抑住对自由意志市系列进行"大修"的念想，眼下我正在以漫画的形式，对系列作品进行再创作。首先是对《特奎拉日升》的改造——变成了名为《出龙》的欧美图像小说风格漫画连载：全彩，内容也更加硬核。漫画作为文字作品跨媒介后的"替身[①]"，不久后也将以出版物的形式与大家见面。

希望大家喜欢这个系列。

文泽尔
二○一九年

[①] 语出荒木飞吕彦的漫画作品《JoJo的奇妙冒险》，是由（非）生物体内的精神能源所凝聚成的影像。

二〇〇五年原序

冷钢[1]，这是一家专门制造刀具的公司的名称，我将它作为这篇文泽尔系列侦探小说的题目，因为这个发生在上世纪的故事，确实跟刀有着很大关系。

实话实说，我对冷兵器并不感冒。Emerson[2]的"指挥官[3]"就算是我亲手接触过的最好的量产刀了。鲍勃·多兹尔[4]或者冈崎五郎正宗大师[5]手制的名刀，则是见也没见过。

我曾经想象过妖刀村正一刀下来，将松平清康[6]劈作两半的情景。欧洲人原本是崇尚浮世绘而疏远武士刀的，但近百年来，日本刀的收藏在世界范围内，竟也慢慢成为一种时尚。

日本刀的制作技术，完全仿自我国汉唐时代的武器冶炼淬火技术。而日本刀今日得到世界收藏界的认可和推崇，从中自可看出中华文明博大精深的影子。

---

[1] Cold Steel，美国知名刀具品牌，创立于一九八〇年。
[2] 美国知名战术刀厂商，创立于一九九六年，起初只是一间接受个人定制的刀具作坊。
[3] Emerson Commander，Emerson 厂牌最著名的战术折叠刀型号，是各国特种部队和户外爱好者们最爱使用的刀具之一。
[4] Bob Dozier，美国传奇刀匠，从小就开始为路易斯安那州的猎人们制刀。他与美国 KA-BAR 品牌合作的刀具多次获奖。
[5] 日本名刀匠，参见本书附录部分。
[6] 德川家康的祖父。

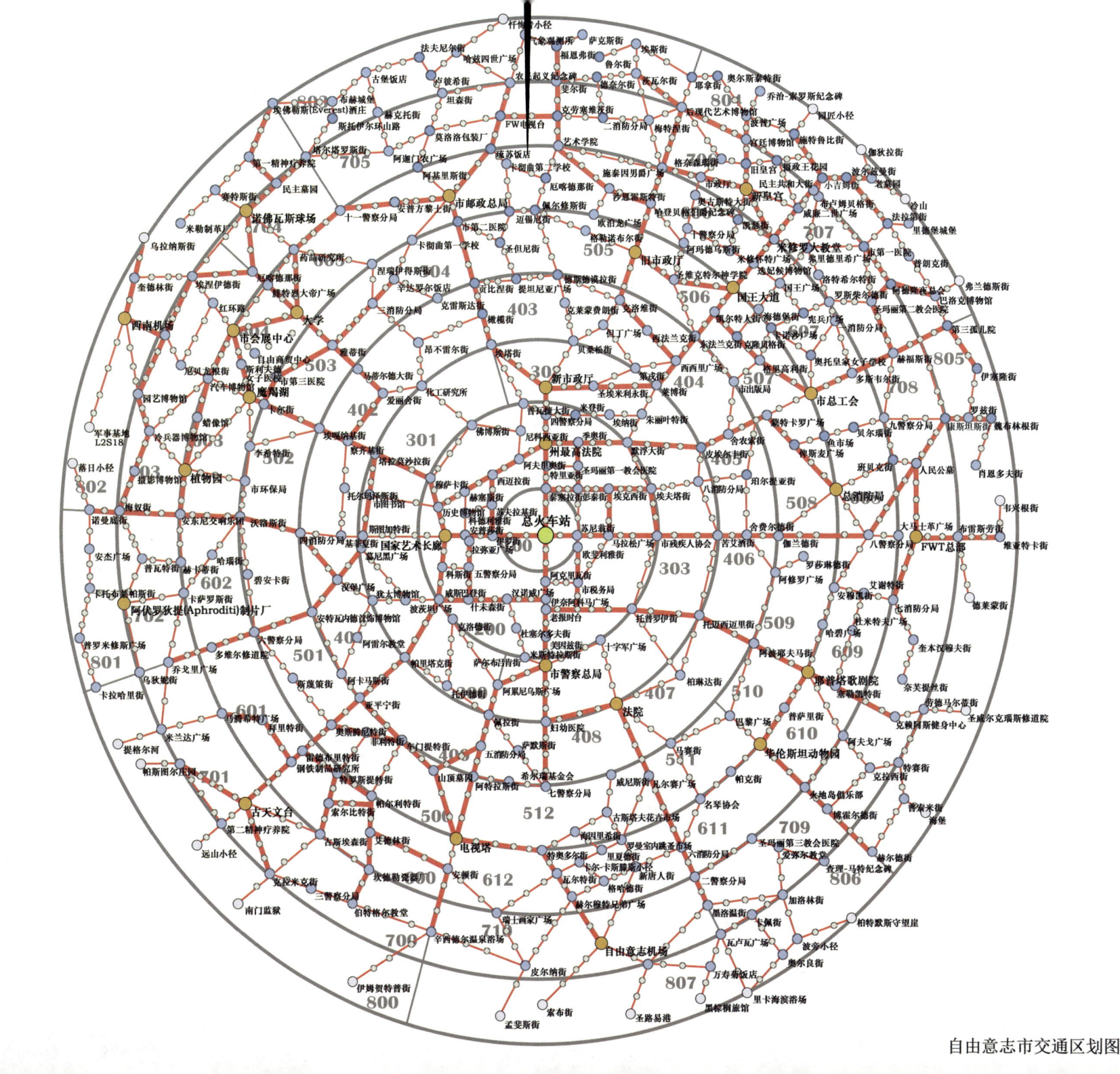

自由意志市交通区划图

以上所说并不表示本篇中文泽尔将会漂洋过海去到扶桑岛国或者香港北京——文泽尔依旧待在自由意志市,只不过换了身份而已。

我也曾试图去想象文泽尔穿上自由意志市警服的模样——那样子大概会让塔芙妮笑得直不起腰来。可惜,这个故事发生的时候,他们并不认识。

确切点说,故事发生在一九九二年,文泽尔和积格勒探长的搭档关系短暂结束之后——而本案,也将是文泽尔以一个小小探员的身份侦破的最后一案。因此,将本篇作为整个侦探系列的开始(至少,形式上的开始),是恰如其分的。

特别在扉页中所提到的"纪念",在本篇中并不会以惯常所见的刻意而为的大段引用、叙述或描写来表现。我在琐碎的地方设下了不少谜题——例如人名、地名、数字及特定日期的选取,一些词汇的用法,甚至部分文段的写作方式……这些精细的工作虽然不至于像路路通的主人[1]那般准确和周密,但也总算是给这"纪念"增添了些许别致的趣味——这样,对于时代及伟大人物的敬重,就不会只是浮于表面;而作为读者们尝试反复阅读的动力,则是对阅读本身的尊重。

这将是我应谨记且坚持的系列风格,也在此记下以作为今后创作的提醒及约束。

希望大家喜欢这个系列。

文泽尔
二〇〇五年

---

[1] 指《八十天环游地球》的主角斐利亚·福克先生。

冷钢
文泽尔 著

新 星 出 版 社　NEW STAR PRESS

谨以此文纪念文豪莎士比亚、儒勒·凡尔纳先生,以及那个逝去的年代。

目 录

1	**第一章 水 挫**
3	第一节 悬 赏
11	第二节 模 仿
19	第三节 资 料
30	第四节 假 设
36	第五节 再 访
41	第六节 迷 惑
45	**第二章 积 沸**
47	第一节 加 班
49	第二节 阻 挠
53	第三节 管 家
59	第四节 主 人
66	第五节 茶 室
75	第六节 女 佣
84	第七节 日 记
90	第八节 花 匠
103	第九节 矛 盾
111	**第三章 折 返**
113	第一节 秘 书
133	第二节 替 换
138	第三节 间 谍
145	第四节 魔 鬼
151	第五节 灵 感
153	第六节 交 点
162	第七节 猜 测
175	**第四章 火 造**
177	第一节 决 定

目录

181	第二节 委 托
183	第三节 绝 望
186	第四节 逼 近
189	第五节 安 眠
193	**第五章 烧 入**
195	第一节 埋 伏
201	第二节 诀 别
204	第三节 狮 子
206	第四节 终 结
209	第五节 苏 醒
213	第六节 辞 职
216	第七节 沉 睡
219	后 记
221	**第六章 研 磨**
225	第一节 铭 刻
229	第二节 邀 请
231	第三节 奖 金
234	第四节 地 下
237	第五节 真 凶
240	第六节 火 灾
242	第七节 句 号
249	尾 声
252	附录一：关于天王星及其卫星
255	附录二：关于文中出现的东洋名刀
259	附录三：关于麻醉剂和蘑菇毒素
261	附录四：关于《自由意志市交通区划图》

第一章 水 挫

第一节 悬 赏

"积格勒是不是真的那么不好相处?"

"说实话吗,汉迪克?"

"废话!你已经不是警校新丁了,什么实话假话……难不成你想让我来审讯你?我可是求之不得!"汉迪克笑道。

可我并不太想回答——积格勒是个好探长,可惜我们搭档的那唯一一个案子却实在不是个好案子。如果我回答"不是",汉迪克接下来必定会问我为什么主动申请休长假。

"你会以什么作为选择标准——我是指,如果你要买杯子的话。"

"喂喂,你想转移话题吗,文泽尔?"

"并不是,只是换个方式回答你的问题。"

"好吧……嗯,如果要喝啤酒的话,我想我会选一个比较大的杯子;喝葡萄酒最好要一个镶金边的水晶郁金香杯;喝早餐咖啡纸杯就可以了,喝 Espresso 或许要有个骨瓷杯……"

"如果只是喝水呢?"

"那样啊……那样我什么杯子都无所谓了,能喝水就行。"

"也就是没有标准了……"

"这怎么是没有标准?我的标准就是'能喝水'。满足条件的至少不会是一个破底杯子！"

"对于一个有点挑剔的人，即使只是选择一只喝水的杯子，也会考虑很多因素的。"

"你的意思是说你是一个挑剔的人？"

"在某些方面吧……我的朋友，如果你好不容易才买到一只你看中很久的啤酒杯，回家喝酒的时候却发现杯口制作得有些问题——让你每喝上一口上嘴唇都要不舒服老半天，你会怎么办？"

"拿回商店退掉啦……"

"你是在拆店大打折的时候买的，没办法退货了。"

"那就用原来的杯子喝。"

"你只有这一个杯子。"

"笑话！你是在做心理测验吗？这可不好玩！"

"我是在回答你的问题。"

"早知道我就不问了……嗯，我会再买一只其他样式的。"

"你用你所有的钱买了这只啤酒杯。"

"那……只好凑合着用了，如果这个测试里的'我'嗜酒如命的话。"

"我的想法和你一样——希望这个答案令你满意。"

我笑了笑，没再搭理汉迪克。

我不知道我的运气到底是好还是不好——跟积格勒探长搭档的这个案子让我很容易就看见了这个"杯子"的一些缺点。刚刚我已经承认，我是一个在某些方面相当挑剔的人。而这些缺点，又恰恰归在这"某些方面"之内。

我不太想再用这个杯子了——伊塞尔副局长批准我的长假申请之后，我可能会考虑找一份新的工作：打字员、邮差、房管员或者水管工……什么都行。最好只工作半天,闲暇的时间里,我可能会读两本老早就想看的古书,或者写几部没有人会看的侦探小说。

汉迪克最近常提议我找一个女朋友。

"有益身心健康,又可以排遣无聊,不妨一试。"他是这么说的。

汉迪克只是随口说说而已,他自己也不曾有过一个哪怕只是暂时性的女朋友。实际上,我们也未见得太无聊——听几位比我们资格老的无聊探员聊天,就是一件十分有趣的事情。

"下个月又该涨价了……"

"那群该死的!"

"'罗密欧'该砍下他们的头来。"

"那是七号么?好像是的……"

"每年的时间都不太一样,不过应该就是下个月。"

"不都是月圆之夜吗?"

"也有不是的。"

之前我并没有听他们谈论过这些,"专砍人头的罗密欧"——这似乎是一个可作为小说素材的案子。

"都是些什么样的案子?"汉迪克的好奇心显然被勾起来了,虽然他提的这个问题看上去并不怎么高明。

在警局的闲聊中,一个新丁因为好奇而偶然提出的问题,加之未指名道姓地问,通常是改变不了其他人聊天的大方向的。没有人搭理你,便是提问题的人普遍会得到的尴尬下场。

唯一的例外是吉姆·华特生在场。

大概没有任何一个在职警员能在吉姆面前称"老资格"。即使在下月二十号正式退休后,老吉姆大概还是会在相当长的一段时间里按时上班：他可不想让他的嘴巴和他一起退休。

"哈哈，汉迪克，你算是问对人了。在这个局里，'镰刀罗密欧'这个案子没有人比我知道得更多了。"

老吉姆并不理会其他同僚因为对话被打断而用目光和嘀咕声表示的不满，喝了一口早已冷掉的咖啡，咂了咂嘴。

"就刽子手的技艺而言，他是一个十分杰出而且敬业的人……第一个献身的是一位年轻美丽的女士，世袭银行家的独女——她以为她是朱丽叶呢，选在一个满月的夜晚，穿上和黑夜一般颜色的晚礼服，火一样燃烧的红舞鞋。瞒过了父亲和继母，临近午夜之时，就等在布赫山下的白天鹅桥上——"

"三个选帝侯都死在了那座桥上——嘿！那是座鬼桥。"

一五二四年，农民起义军攻陷布赫城堡的时候，的确在白天鹅桥上处死过几个贵族。至于"三个选帝侯"一事，并没有在哪本历史书上记载过，可能是后人的杜撰。

插嘴的是彼特菲尔德，比我们早来两年的片警——打断老吉姆的这段话，与其说是对案件现场真实性的佐证，倒不如说是为了营造现场气氛而煽风点火。

老吉姆却并不领情。他冲彼特菲尔德瞪了瞪眼，又喝了一口咖啡。

"你们听过那支……好像是西贝柳斯的《黄泉的天鹅》没？哈哈，你们当然没听过！那个叫伊丽泽（Elise）的姑娘可听见了，她此刻靠着桥栏，目光停留在河水的波光上——她正想着和罗密欧跳舞呢。这音乐可真算是恰到好处。"

有谁哼了一段不知什么曲子，曲调有点诡异忧伤——或许正是那首《黄泉的天鹅》吧。大家听得入了神，老吉姆得意地扬扬胡子。

"这时月亮被云遮住了。三月的午夜,还是相当冷的。伊丽泽出门太急,没有穿上外套。她不由得打了个冷战。"

我旁边的汉迪克听到这里,身体也不由得颤动了一下——我可怜的朋友,他已经走到这故事中去了。

"她等得太久了,没有月光荡漾的维索瓦(Wissowa)河刹那间变得阴森恐怖,于是她烦躁而又有些不安地转过身来。"

老吉姆看了一眼自己的咖啡杯——里面的咖啡已经快要见底,他略微摇了摇头,没再喝一口,继续说道:"她哪里猜得到,她那朝思暮想的罗密欧就站在她的眼前:特意和她的晚礼服搭配的乌黑笔挺的燕尾服、擦得如铜镜般光洁的鞋面、飘逸流动如河水般的璀璨金发,以及……那高高举起的死神镰刀……"

"连月光都没有,怎么看得见这些?那桥上可没有路灯,周围也没有几家住户。"

这些话是我说的——虽然知道老吉姆讲的只是故事,我还是忍不住为了故事的真实性而插嘴。月圆之夜的月光本来就比一般的夜晚明亮,如果这光亮突然之间被云层遮住,人的眼睛还是需要一段时间来适应黑暗的。

我承认,我有时候是有些过分挑剔了。

老吉姆不耐烦地对我摆了摆手,似乎在示意我保持安静。

"这时云层散开,我们可怜的朱丽叶,满脸的喜悦就冻结在这月光下——罗密欧手上的镰刀直挥下来。伊丽泽的身体,就好像一尊还没晾干的石膏像被人突然推倒了一般,自颈部断作了两截。"

老吉姆将冷咖啡一饮而尽,又拿过早已听呆了的汉迪克手上的那杯。

"你们怎么可能想象得出罗密欧的那把镰刀有多么锋利!我

是看过伊丽泽那颗美丽头颅下的刀口的——若涂上一层水银,就可以凑合着当梳妆镜用。"

老吉姆偷瞄了一眼在场的两名女警员——刚才她们都听得入神,这时脸上已没了血色。

老吉姆更加得意,一口把本属于汉迪克的那杯咖啡喝掉了一半。

"那之后的每一年,每到那一天,那个月圆之夜,罗密欧就如同被施了死亡咒语的僵尸,在自由意志市的某个角落如鬼魅一般出现——他的镰刀没有一次失手,行事也没有一次被人目击。报纸上说他是'影子杀手',酒馆的醉鬼们给他取的外号是'剪草机'。'镰刀罗密欧'则是局里的标准叫法。

"伊丽泽的继母在女儿死去的那一天夜里失踪了——天知道呢!或许她的继母是个美貌女巫,给罗密欧下了咒语,指使他杀死了自己的女友,又陪着她私奔去了。这可是个悲剧童话。"

老吉姆的故事讲完了。在他去打咖啡的当口,彼特菲尔德忙着进行补充。

"今年是第九个年头了。已死掉的八个人,除了吕根曼·霍费尔家的女儿伊丽泽外,其余都是死后名字才第一次上报纸头版的平民百姓。这点倒像是托了'镰刀罗密欧'的福了,死者之间也没有什么特殊关系:罗密欧明显是随意挥刀的。

"前几年还出了两只手法拙劣的'拷贝猫'[①],才第三次下手就被逮住了。当场死了一个,另一个现在还在南门监狱里蹲着——嘿,你们猜猜他们用什么冒充罗密欧的镰刀?"

"Mdk-ATAK 吗?那可是把好刀……"

[①] Copy-cat,指模仿某宗知名案件的犯罪手法而作案的犯罪者。

奥鲁显然是在开玩笑，或者是在炫耀自己的收藏嗜好。Mdk-ATAK（"疯狗高级战术突击刀"），今年唯一通过西岸海豹部队军品测试的军刀。区区两只"拷贝猫"，加之"手法拙劣"，是没太大可能用上这把刀的。

充其量也就是把加长刃的野战刀，很可能就是把普通的双动折刀，我想。

"一把最普通的防火斧！哈，那刀口看上去就像吃剩的沙拉再拌上过多的沙拉酱一样！比'镰刀罗密欧'可差得远……我的天，你们该暗自庆幸，没看到过那么恐怖的现场。我那时候可是新丁，那现场让我差点儿申请辞职！"

我不知道换作我是否也会辞职——从上个案子看来，我对尸体并不是太畏惧，这是否意味着我有成为一个法医的天赋呢？或许那也是一个值得我考虑转行的职业，如果他们只工作半天的话。

我承认我已经对这个案子产生兴趣了，老吉姆绘声绘色讲述的故事起了大半的作用。在等待伊塞尔副局长批下我的长假申请的这些天里，我想对它了解得更多一些——我并不指望去侦破（我又不是侦探），主要是想给自己正想写的那部侦探小说找点不错的素材。如果失业后找不到工作的话，写部好的侦探小说寄给夏哀·哈特巴尔先生，倒是个不错的选择。①

"这个案子好像还有悬赏吧。总局给重犯下的都是五千美元。我看，罗密欧至少值上一万。"

---

① 一九九〇年七月起，夏哀·哈特巴尔为了促进本土侦探小说的发展，发起了"大众侦探"活动。侦探爱好者们可以将自己的作品寄至《自由意志报》副刊由夏哀先生主持的"大众侦探"专栏，精品立即见报。很多业余侦探小说家凭借此栏目成为职业侦探小说作家，仍活跃在今日侦探小说界的亦不在少数。此举算是夏哀先生对侦探小说界的杰出贡献之一，详情将在文泽尔系列的某篇中单独提及。

我对彼特菲尔德最后这句话比较感兴趣。五千美元——这够我付上一年的房租了！如果能拿到这笔赏金，允许我找工作的时间也可以长些，这样我或许就有空读伊曼纽尔·康德的《纯粹理性批判》了。那可是本要花时间的书。

老吉姆打咖啡回来时大家已经散了。

没了闲聊对象让他觉得挺没意思。他将刚打的咖啡递给正在写案件报告的汉迪克，汉迪克看也没看地对他说了声"谢谢"。

第二节 模 仿

我并不想先去档案室收集关于这个案子的线索，相反，我想去看看本案那仅存的一只"拷贝猫"。

显然，想要从那位尚被关押且据说表现差劲的模仿犯那里打探到罗密欧现今的行踪，并没有太大可能。我想知道的，大概只是罗密欧挥刀那一刻的心理状态——我不得不承认，这个愿望或许也有些近乎奢求。那么，我是凭着直觉，想去会一会本案的这位模仿犯。我得说，自从上一个案子顺利侦破之后，我变得有那么一点点骄傲了：这可不是件好事。

我又想起了老吉姆所讲的故事。其实，除了他今天讲的这个故事，以及前几年从报纸上看到的零星报道（当时也没有特别留意）之外，我对这个案子知道得并不多。如果完全按照前者来看，老吉姆杜撰的故事本身感染力固然不弱，却存在很多疑点。

伊丽泽为何盛装前往白天鹅桥？显然她和"镰刀罗密欧"的关系非同寻常。那么，在伊丽泽死后，警方自然而然地先从她熟识的人群中找寻嫌疑人，怎么可能查不出凶手，还让他继续犯案呢？

警方无论如何也会锁定几个重要嫌疑人，难道这些嫌疑人在第二年或者第三年连续发生杀人事件时，都因为缺乏作案时间和动机而洗脱了嫌疑吗？

伊丽泽的继母——如果那个所谓罗密欧真是她的情夫，受她操纵而杀人的话，杀死伊丽泽尚且说得过去（为了目前尚不可知的原因，或许是她告发了继母和情夫之间的奸情吧。可以有很多种猜测），但是之后的七个人呢？既然她已经成功和情夫私奔，何苦还要冒险每年回到自由意志市杀死一个无关的人呢？

我这里说"回到自由意志市"，是因为我首先就将伊丽泽的继母作为了最重要的嫌疑人——警方大概也会这么想的。如果她躲藏在自由意志市内，每年指使情夫杀一个人，而竟然可以不被片警发现、不被良好市民举报，依旧"失踪"——这并非不可能，但对于私奔的男女而言，显然不是什么好的选择。

从动机方面来说，此案目前最大的疑点是……

为何每年差不多时候都要杀死一个不相关的人呢？

此类连环杀人案，除了能满足犯罪者几近变态的感官快感外，似乎并没有什么行为上的必要性。而选择"每年差不多的时间"，恐怕是满足这种快感的必要元素之一了。

从"拷贝猫"们的心理去窥探真正作案者的心理，虽然希望不大，但或多或少会有些联系和相似之处——至少我觉得。

是否真的都是月圆之夜呢？这些受害者之间是否真的没有联系呢？——这些都要在查阅资料之后才能做出判断。

南门监狱离十一局相当远——途中竟然要转四次车。因此，坐在地铁上的时候，我才有时间进行上面的胡思乱想。

只是晃了晃我的警官证，监狱的守卫就放我进去了，狱内的守卫也都懒懒散散的。南门监狱至今从未发生过逃狱事件，真可算得上是个奇迹。

一位个子矮小的狱警将我领到七〇九狱房。探监的时间还没到,加上我是探员身份,因此得以享受直接进入狱房,和囚犯呼吸同一狭小空间内氧气的特殊待遇。

从这位名叫梅彭(Meppen)的狱警口中,我得知这只"拷贝猫"的全名是坎普尔·格兰(Kanpur Gran),波兰移民,喜欢吃胡椒蜂蜜饼。

梅彭特意找了半块吃剩的胡椒蜂蜜饼,用一张信函纸包好了给我。

"如果那家伙不搭理你的话,这个保管有效。"梅彭这样说。

我走进狱房时,这个喜欢胡椒蜂蜜饼的家伙正在看书。似乎是《傲慢与偏见》,一本适合在牢房里看的书。

坎普尔的头发很长——我原先以为狱中有规定不允许留长发的。除此之外,还令我感到意外的是:木椅旁的小桌上放着抽剩的半包骆驼牌香烟和一本最新一期的《视点》杂志。看来,对于南门监狱而言,电视或小说中看到的情节统统不适用。

梅彭关上铁门的声音很响,坎普尔显然知道我进来了——我有些局促,不觉又想起彼特菲尔德用吃剩的沙拉所做的比喻。我坐在木椅旁的睡铺边沿,开始猜想这个房间的哪个角落会藏着一把防火斧。

"是谁?为什么打扰我看书?"

坎普尔突然抬起头来,和我之间只隔着一本《傲慢与偏见》——事实上,无论是谁,处在我当时的情况下也会被吓一跳的。

原谅我之前没有提及梅彭的性别,她是一名女狱警。

不知别人会如何,至少对于我,面对一位脸色苍白的美丽女士而不是一位脸色苍白的长发男人对我突然这样提问时,受到的惊吓并不会太严重——我终于没有叫出声来,并努力不让坎普尔看出我在那一瞬间的惊慌失措。

我忽然觉得她在笑，虽然从她苍白的脸上看不出任何表情。

她终于还是看出我的惊慌了，我想。

"你有胡椒蜂蜜饼吗？"

"什么？"

"胡椒蜂蜜饼！"

我将手里包好的那半块胡椒蜂蜜饼递向她。她心领神会，一把抢了过去，胡乱撕开信函纸，也顾不上什么雅观，张嘴就吃。

她可能是饿坏了，但她怎么会想到向我要胡椒蜂蜜饼呢？

"因为你身上有那种味道。"

"什么？"

"你不是正在想我为什么开口就找你要这东西吗？"

坎普尔摇摇手上还剩下的一小块饼，也没等我回答什么，就塞进嘴里吞了下去。又从小桌下摸出一个塑料瓶子，拧开瓶盖喝了口水，然后开始吮手指头。

"梅彭给你的，对吗？"

"没错。你中午没吃饭？"

"嗯，有几天了。否则我为什么这么急着吃？你没点推理能力吗？"

"嗯，我的脑子不是太好使。你被处罚了吗？"

"废话！梅彭那混蛋女人，她是在报复我！"

坎普尔说这话的声音相当大，梅彭因此在外面用警棍敲了敲铁门，以示意她保持安静——坎普尔的话她肯定听见了。

"为什么？"

"上周四放风的时候我又戏弄了她。"坎普尔显得挺得意。

"你常常戏弄她吗？"

"绊了她一跤而已。我讨厌她身上的劣质香水味,真没品位……"

这点我承认,梅彭女士身上的古怪香水味确实十分刺鼻。

"还好那老混蛋没几天就要退休了……嗯,你是接任的吗?"坎普尔问我。

"没错。我没什么经验,但又想知道怎么跟大家处好关系——梅彭建议我找你谈谈。"

一个继任狱警的身份,当然比一个转了四站车来到这里的小小警员更好说话,我想。

"你没找错人。我会一直在这儿的,嘿嘿。"坎普尔笑了笑,露出洁白的牙齿。

"那我们或许可以做朋友。你来这儿多久了?"

"嗯,我记不太清了,大概很久了吧。"坎普尔耸耸肩膀。

"你的生活不错呢!"我用眼神示意小桌上的香烟和杂志。

"精神生活吗?哼,我那无聊的继母也就能给我这些。烟倒是例外。"坎普尔低下头去,继续看她的《傲慢与偏见》。

监狱里的犯人是可以接收信件和印刷品包裹的,但我并不知道香烟也被归在接收物之内。照坎普尔的话来看,她物质生活中的享受也就仅限于这香烟了。

"怎么进来的?"

"杀人。"坎普尔头也不抬。

"我对这个比较感兴趣,能说说吗?"

坎普尔突然笑了,但笑容随即僵在脸上。一滴泪水落在书页上,她伸过手去擦了一下。

"你不怕每天晚上下地狱的话,尽管去做。"她的手抖了一下。

"'镰刀罗密欧',听过这个名字吗?"

坎普尔的手又抖了一下——她把书合上了。

"那是撒旦的别名。伯恩哈迪（Bernhardi）和我，曾想过做他的信徒……"

坎普尔开始抽泣，泪水滴下来，打湿了书的封面。

"幸福的伯恩，他死了。我却没有勇气……我……反正我也会死在这里的……天堂抛弃了我，地狱抛弃了我……"

坎普尔双手掩面，她哭着，我不知道该做什么，只好静静地坐在一旁。

梅彭又敲了敲铁门，坎普尔拉过床上的毯子，抹了抹脸，停止了抽泣，表情木讷。

"那是个小女孩，伯恩递给我的斧头……"

坎普尔咬着毯子一角，眼睛毫无焦点地看着狱房的某个角落，喃喃自语。

"我的手在发抖呢。不知怎么就举起了那肮脏的凶器——我肯定已经被魔鬼附体了。我连看也不敢看，手臂却直直地挥了下去，一下又一下。

"那斧子似乎连接了我的神经，挥下去了，却好像是我用手将她的血管、皮肤、脊柱硬生生地撕裂了一般。那带腥味的鬼东西喷溅在我的脸上、手上、身上，温温热热的……

"我洗了三天澡，用刷子狠命地刷我的脸、我的手……水打在我的身上，那腥臭的东西却怎么也洗不掉。终于，我刷破了自己的手，又害怕那东西流进身体里，就没再洗澡，而是整天躲在床上，怕见到太阳，很怕很怕……

"再后来我好些了。有段时间我很高兴——伯恩说地狱终于肯接纳我们了。但我仍然每天做噩梦，醒来的时候我就紧紧抱着伯恩。他有时候会打我，但我不怪他，我知道他的心情——杀过人的心情，那正和我的一样。"

"呵呵，地狱的使者们。"坎普尔顿了顿，笑了笑，眼神依然空洞。

"那是多少年以前了，伯恩一提到'影子杀手'就很兴奋。我觉得……我不知道，他也只是在报纸和新闻上特别关注他而已。我不知道'影子杀手'是否真和伯恩保持着联系——他是这么说的。

"他杀的第一个人是个老人，我帮他打昏的。我发誓，我并不知道他真会杀死他。伯恩拿出斧头的时候我还笑个不停呢！直到那老人的头颅被伯恩踢到我面前，血滴溅上了我的脚踝，我这才吓得瘫软在地上，连哭都忘了。

"伯恩也害怕过——他也躲在我怀里哭过，像个婴孩一样。然后他又笑了，笑声很骇人，好像一只没有灵魂的动物。他把那柄斧子冻在地窖的冰柜里，像对待一件受过诅咒的中世纪符器。

"他杀的第二个人也是我打晕的，那是一个秃顶的中年人。我很慌张，没留意到那条小巷附近是否有人。伯恩扬起斧头，我在旁边呆呆地看着。

"他的第一斧砍得有点偏，结果那人的左脸被从嘴唇那儿齐齐斩断了，舌头拖在斧刃上，脑袋的上半部分也偏了过去——我当时想：那人应该是死了。"

坎普尔的眼睛忽然睁得很大，声音也变大了许多——梅彭又敲门了，声音很不耐烦。

"哪里知道，哪里知道……伯恩的第二斧还没有砍下去，那人竟然坐了起来。脑袋歪到一边，眼珠似乎都要掉出来。他的手到处乱抓，喉咙里还发出含混不清的咕哝声。"

坎普尔的声音并不见小，她看着我，脸上带着诡异的笑意。

"嘿嘿,我却听得懂那个死人在说什么。他一遍遍地重复着'地狱再见'。

"伯恩并不怎么害怕,他的第二斧挥下去后,那人的手就不再动了。我不知道我当时是不是在尖叫,反正我看到小巷的那头有人走过来——伯恩背对着他们,而他们好像在喊着什么,我听不太清楚。

"伯恩再次举起斧头的时候,我听到了很清脆的一声响。我看到伯恩的额头上突然长出了一个红色的印记——斧头和他一起倒了下去,斧刃恰好落在那死人的脖子上。那个没头发的血脑袋,张大了嘴巴,在空中抛了个弧线,正落在我的怀里。"

坎普尔突然尖叫起来,嘴巴张得很大,两手狠命地掐住了我的脖子。

我被这突发状况吓蒙了,既没有想到去拔佩枪,也没有伸手去掰开她的手臂。我被她抵在墙壁上,那一秒钟,温顺地等待死亡。

梅彭及时冲了进来,她打开警棍上的电击开关,用力向坎普尔的背脊上挥去。

坎普尔的手霎时松开了,梅彭的棍棒却没有停下。坎普尔倒在地上,绊倒了木椅和小桌,四肢蜷曲着护住胸前,手脚不住地颤抖。她被电得翻白眼了,却仍有些神志不清地反复念叨着:"我讨厌胡椒蜂蜜饼……我讨厌胡椒蜂蜜饼……"

第三节 资　料

"我们早就觉得她的精神状态有问题。"梅彭递给我一杯水，满脸歉意。

"没什么……谢谢你刚才救了我。"

我揉揉被掐得生疼的脖子。有些地方已经被坎普尔那尖利的指甲抓破了，手指一碰火辣辣的——我皱了皱眉头。

"能给我一个创可贴吗？"

"好的，你等等。"梅彭出去了。

我打开刚才梅彭取出胡椒蜂蜜饼的抽屉，里面果然还有不少。我随手拿了一小块，藏在了夹克衫的口袋里。

梅彭给我找了一个特大号的创可贴，我就着狱警办公室墙上那半块破镜子，将它胡乱贴在创口上，又是一阵疼。

"我还没吃午饭呢，能给我一块胡椒蜂蜜饼吗？"

"那是最后半块了，她的运气比你的好。"梅彭尴尬地笑笑。

回程的地铁上，我将刚入口的小半块饼都吐到了垃圾箱里，称这东西为"盐块"或许更适合些。

可怜的人……

回到局里已经接近下午四点，汉迪克他们早不知去哪儿了。我打了一杯咖啡，来到档案室。老吉姆正坐在那里，手握着笔，但并没在写字。看他那绞尽脑汁的样子，似乎是在赶报告。

我的意外到来让他很高兴。

"嘿！小伙子，你怎么受伤了？争风吃醋的事儿，相信我，少做为妙。"

"嗯。我想查查罗密欧的那个案子。"

老吉姆的玩笑话我并没有接，这恐怕让他感到很没趣。他打了个哈欠，从抽屉里摸出了登记本。

"日期和警官证号。"

"好的。"

我拿起桌上的圆珠笔，填好之后递还给他。他看也不看，将本子塞了回去。

"大概在'LS区15'那块儿，耐心找找。"

"谢谢。"

老吉姆原先并不在档案室工作，虽然他总笑称档案室是"片警最惨的归宿"，但他原来实际上是探员。他之前的工作表现如何我并不清楚，但至少这档案室在他的管理之下是不错的——说他是"爱喝咖啡的档案自动查询器"也毫不为过。

LS区的档案并不多，却本本积灰严重。在标号"15"的简陋铁架上，一个隐蔽且背光的低矮角落里，我找到了这本标着《1984-（连环）伊丽泽（·霍费尔）？斩首案-赤莫尔区（附加）》的厚重卷宗。括号里的字和"斩首案"前面那个问号都是后来加上去的——如果哪本书用了如此冗长且沉闷的书名，我猜它一定不会畅销。

出人意料的是，这本出生于一九八四年的卷宗上竟然没多少灰尘，这或许应该归功于它年年更新。负责这个案子的同事们，每年往里面塞资料的时候，大概都会顺道来个大扫除，以便明年再次添加资料的时候方便寻找。

这份卷宗并不是按照时间顺序编制的，而是以诸如"案发现场""尸检资料""目击者资料"这样的方式来分类。对于连环杀人案而言，这种方法虽然合理，翻阅起来却不太方便。我不得不将它们拆散，根据我的需要重新分类。

昏暗的日光灯下，草草写就的现场笔录，印刷体的尸检报告，以不同姿势躺在现场的无头尸体照片，真实或虚假的目击者询问记录，已被否定的或者尚未被否定的嫌疑犯画像，鲜血淋漓的头颅写真，八年以来一批又一批探长探员们的分析总结……杂乱地在档案室那宽大的旧木桌上蔓延开来，惊起一阵阵灰尘……

差不多九点的时候，这本卷宗才回到它原来的位置。在其内部资料的原有顺序彻彻底底被打乱到面目全非之后，我终于根据这个案子现有的大量有用无用、真真假假的线索做出如下推理：

下一次案件将在今年三月十九日凌晨发生，地点是朗林根区碧安卡街（Bianca Str.）。

请别对这个结论感到惊讶——到目前为止推理所能做的，也就仅有这么一丁点儿而已。

第一个死者，即我们都已知道的伊丽泽·霍费尔小姐，被害时间推测为一九八四年三月十八日凌晨。当日早晨大约六点四十分的时候，本达·布勒辛（一位晨跑爱好者）在布赫山下的白天鹅桥（Weissschwanbr.）上发现了她。

现场留下的喷溅血迹表明，凶案就在白天鹅桥靠近桥中心的左侧护栏附近发生。白天鹅桥的桥身并不太宽（看上去勉强够两辆轿车并排通过，没有行人道），尸体大概是后仰倒地的，从裸露的颈动脉里流出的血液在桥中央积成了一个小池子。

伊丽泽的头颅在仰躺着的尸体的右手边，表情似乎很安详，眼睛紧闭着。

刀口并不是横切的，但是平整无比（法医贡德尔在解剖报告中指出，即使是最快的手术刀也无法切出这样的刀口来）。若站在尸体身后看去，显得右高左低，倒地的尸体也偏向右手方向，汉斯探长由此分析出凶手不是一个左撇子——如果凶手不是站在桥外挥动凶器，或是背对着伊丽泽舞动镰刀的话。我承认这番推理是很有道理的。

实际上，如果罗密欧是站在桥外挥动镰刀的，伊丽泽在死前一定会被吓得不成样子。而这显然和伊丽泽头颅的真实表情不符，因此这点理应被先排除掉。

本达·布勒辛先生自一九七九年十月搬家到赤莫尔区之后，就每天坚持固定的路线晨跑。他的邻居、好友及家人都可以为他做证，他的嫌疑在很短时间内就被排除了。

吕根曼·霍费尔在三月十五日至二十日间同他的秘书莱奥诺蕾·米塔格（Leonore Mittag）一道前往梅尔市出差，加之他是个天生的左撇子，他的嫌疑便也被排除了。实际上，相当多的证词表明他平日里十分疼爱自己的女儿。

卡罗莉娜·霍费尔（Karolina Hofer），伊丽泽的继母、吕根曼的续弦——她在伊丽泽被害前一天神秘失踪，使得她一度被警方认定为本案最重要的嫌疑人。吕根曼家的管家罗德·施密茨证实，当晚（三月十七日）十点左右，曾看到有辆车从别墅车库里匆忙开出——那辆车甚至轧坏了花坛里新种的德国报春花——而这辆之后再也没有驶回的轿车，正是别墅女主人平日里最经常开的。

第二个死者，帕尔姆·奥西埃茨基（Palm Ossietzky），一个酗酒的中年神父。一九八五年三月七日早晨,他无头的尸体在德纳赫区的阿雷尔教堂(Ariel-Kirche)停车场被十六岁的莫姆森·林道(Mommsen Lindau)发现,后者是该教堂的假期义工。

帕尔姆的头颅则是在汉堡广场和犹太博物馆之间的一个公车站的垃圾桶里被发现的——星期五早晨,清洁工哈特劳布·茨威尔纳(Hartlaub Zwirner)在三角街公车站发现了这个包在纸袋里的红鼻子脑袋之后,五局的同事们在阿雷尔教堂及其附近各个角落已然耗时一天一夜的头颅找寻行动才宣告结束。

义工莫姆森曾在三月五日因为一些微不足道的事和帕尔姆神父大吵了一架,他因此整个星期三都和两个朋友在佩拉街的小酒馆里打撞球解气。凌晨两点多,朋友才开车送已经醉得厉害的莫姆森回家,并且翌日早晨是由其母亲玛丽·林道叫醒他的——邻居们说他一早就骂骂咧咧地说要杀了那个酒鬼神父。

不过,莫姆森报警时却是连一个完整的句子都讲不出来,做现场笔录的时候也吐得厉害。圣玛丽第一教会医院开出了他患有先天恐血症的证明,验尸报告又指出凶案的发生时间是午夜零时前后。由于拥有完美的不在场证明(小酒馆的十多名酒客都证明案发时他还在买醉。据说,酒鬼们坚持证词真实性的理由之一是他们确定当晚看到的月亮很圆),缺乏作案的客观条件以及一个比较说得过去的动机,义工莫姆森的嫌疑被排除了。

三角街车站和犹太博物馆很近,结合死者身份,多事的报刊媒体由此产生了一系列联想:《自由先导报》甚至将本事件描述为"犹太教对天主教的血腥示威"。本市的教会组织显然受到了舆论影响,在命案发生两周之后,向市警察总局和市政厅分别递交了《关于要求限制本市犹太教活动的声明》,此举引起了宗教界的强烈反应。

平整的斜切刀口以及时间上的巧合使警方将该案和一年前的伊丽泽案联系起来。法医报告也证实，两案的创口是类似的凶器所致。此消息公布之后，公众哗然。整整一年的时间都抓不到一名重案犯，还纵容其再度犯案。民意测验表明市民对本市执法部门极度失望，《自由意志报》上甚至发表了一篇名为《砍头者该砍下谁的头来？》的批评文章。

第三个死者的到来很有戏剧性。一九八六年的三月，大家都在猜测"影子杀手"是否还会继续挥刀。总局和各个分局特意增加了夜间巡逻的片警数量，并通过电视媒体提醒大众，夜间无事尽量不要出门。

这个月的犯罪率因而大大降低。截至当月二十四日，全市范围仅发生一起命案，并且当天就侦破了。二十四日的《自由先导报》甚至预言"影子杀手"早已死亡，本市的"连环砍头案"匆匆落下帷幕。

三月二十五日早上八点过五分，在本市化工研究所从事供应工作的伊利诺斯·卡希尔（Illinois Cahill）女士从昂不雷尔街（Umbriel Str.）十七号公寓楼里出来，到十六、十七、十八号三栋公寓楼联用的地下停车场取车上班。

在B071停车位上（伊利诺斯女士的停车位是B072），她看到一个警察趴在那里——事实证明，被闹钟吵醒的嗜睡者们，一大早神志都是不大清楚的。她完全忽视了已被一大片血液染红的水泥地面以及空气里厚重的腥臭味，而仅是停下步来，疑惑地大声询问："您怎么了？需要帮助吗？"

她的询问引起了同时前来取车的邻居，住在十六号的史蒂文·安东洛维奇（Steven Antolovich）先生的注意。当这位习惯早起的先生发现身着片警制服的尸体缺少头颅的时候，伊利诺斯女士早已经晕了过去。

随即到来的本局前辈们通过尸体制服上的警官证确定，死去的是报到三个半月的新丁片警德里克·梅斯勒（Derek Messler）——他本该在凌晨三时和另一个片警约翰·华盛顿换班的，但按时抵达约定地点的约翰却并没有见到他。人们在无头尸体的口袋里发现了一封还没来得及寄出的信件，德里克希望通过这封足足有十四页的长信向他的女友黛希·罗兰德求婚……

和帕尔姆神父的案子类似，德里克的头颅并不在地下停车场里。

三月二十六日下午两点三十分整，在靠近辛达罗尔饭店的小乔治街公交车站等待二〇六路汽车的两个小学生突然听到了刺耳的闹铃声——声音来自候车亭后的灌木丛。年龄较长的戴维·霍尔（David Hall）绕过茂密多刺的花坛灌木，找到了一个已经不再有声音传出的、用宽宽的胶带封起来的纸盒。由于此时公交车已经来到，两人并没有时间拆开盒子，而是将盒子带到了他们就读的卡彻曲第一学校。

第一节课后的课间，两人当着全班几乎所有同学的面，拆开了这个被他们称为"藏有神奇宝物的魔术盒子"。片警德里克·梅斯勒的头颅同一个崭新的响铃闹钟并排摆在这个不大的纸盒里，德里克的警帽垫在盒底，空隙处用六张揉成团的二十四号《自由先导报》第三版（实际上还包括第四版，它们之间当然是密不可分的）填充：那一版上最醒目的标题是《"影子杀手"早已死亡？！》。

大众普遍将此案看作报复行为，并在有限的范围内对《自由先导报》进行了谴责。《自由意志报》和ＦＷ１台更同称德里克片警案为"媒体的不负责所直接酿成的悲剧"。

警方将从三个案件中得到的大量线索结合起来分析,得到了砍头案的如下特征:

1. 凶手在每年三月月圆之夜的凌晨时分左右作案;
2. 除伊丽泽案以外,凶手每次作案之后,都会将被害者的头颅丢弃到和凶案现场相距不远的某个公共汽车站附近;
3. 死者之间没有任何社会联系;
4. 凶手所使用的凶器锋利无比。

根据以上第四点,由第三个案子起,局里人开始管这个案子叫"镰刀罗密欧"案。这个提法并没有在任何一份官方文件中正式出现过,完全是约定俗成的叫法(后来的事实证明,这个叫法颇具先见之明)。

最令警方头疼的是,罗密欧的犯案手法相当高明——从来没有人真正看到他作案,他也从不曾在现场留下过诸如头发、指纹、服装纤维等痕迹。当然,完全不留痕迹大概并不可能,只可惜每一次的现场都被没有现场保护意识的围观民众和闻风而来的毛躁记者们严重破坏了。而这群无辜的肇事者往往又是谴责警方办事不力的主力军(请原谅我这看似偏袒同事们的言论,但这些都是事实)。

虽然警方在之后的几年里,每个三月份的月圆之夜都调派了大批警员和便衣在本市各处巡逻。无奈自由意志市所辖范围实在太大,就算动员全市三万七千多名警务人员,也无法守住自由意志市的每一个角落。加之媒体和官方呼吁全体市民在"非常之夜"不要出门的通告收效不大(人们都是有侥幸心理的),在德里克片警案之后，又陆续发生了如下几案：

一九八七年三月十五日，罗纳德·巴伦（Ronald Baron）被害案。死者是一名职业眼科医生，遇害于提坦尼亚（Titania）广场的地下通道中，头颅被弃于卡彻曲第一学校外的公车站。

一九八八年三月三日，第三十八届艺术节游行案。死者菲利普·琼斯（Phillp Jones），四十四岁的水管工。在游行的终点欧泊龙（Oberon）广场，菲利普的尸体被掩藏在一尊巨大的空心莎士比亚雕像下，血迹也被凶手巧妙地用人造草皮覆盖住了。直到三月五日上午收拾会场的时候，清洁工沃尔特·密歇根（Walter Michigan）才发现了他。而早在三月三日下午，人们就已经在离佩尔修斯街很近的一个公车站鲁尼站（Loony）找到了他的头颅。

一九八九年三月二十三日，阿肖克·撒克希纳（Ashok Saxena）被害案（又称"第三个广场"案）。死者长期无业，遇害于米兰达（Miranda）广场的地下通道中，头颅被弃于乔戈里广场和多维尔修道院之间的沙站（Shah）。

一九九〇年三月十二日，戴安娜·弗吉妮亚（Diana Virginia）被害案。死者为历史博物馆管理员，遇害于科德利雅（Cordelia）街九十三号的地下停车场——这点和德里克片警案类似——头颅被弃于赫塞斯街拐角处的一个小公车站派蒂站（Patty）。

一九九一年三月三十一日，马萨海罗·梅沙依（Masahiro Meshii）被害案（又称"第二个周末的第二天"案。这一年的三月有两个月圆之夜，罗密欧选择的是第二个）。死者为铁道调度员，遇害于欧斐利雅（Ophelia）街的街心花园广场。尸体在当天凌晨两点半被值班片警尼古拉斯·利伯特（Nicolas Liebert）发现：瓷砖地上流淌的血液还冒着热气，但头颅已经不翼而飞。尼古拉斯马上通知了总局并封锁了欧斐利雅街，邻近的各个小公共汽车站在半个小时内布置好了埋伏。

这显然是到目前为止，警方在"镰刀罗密欧案"上所做的最出色的一次，可惜还是晚了一步。埋伏在离案发现场大约两公里处的小公车站戴尔德姆站（Diadem）（离泰塞拉街很近的一个公车站）的探员泽巴士蒂安·锡林（Sebastian Schilling）将没喝完的小半杯咖啡连同纸杯一起塞进车站旁的垃圾桶的时候，手指无意间碰到了老调度员马萨海罗干涩而略带温热的嘴唇……

顺带一提，伯恩哈迪·金格和坎普尔·格兰犯下的那三个模仿案子，分别发生在一九八七年九月八日［现场在托伊德街九号旁的小巷中，死者为帕斯卡·戈林（Pascal Gehring），退休的银行职员］、一九八八年十一月二十四日［现场在威尼斯街二十一号旁的小巷中，死者为兰茜·鲍姆（Nancy Baum），小学生］和一九八九年五月二十日［现场在瑞士画家广场旁的小巷中，死者为哈克·布什（Huck Bush），公务员］。特别值得一提的是，和"镰刀罗密欧"的做法类似，两人中的某人（估计是伯恩哈迪）将帕斯卡和兰茜的头颅分别丢进了雷街站（LayStr.，离车门提特街不远）和七警察分局站这两个公车站旁的垃圾桶里——后者被认为是模仿者对警方的挑衅。

想必是十分热爱文学的副探长阿珀尔·丹尼尔（Apel Daniel）总结了"镰刀罗密欧案"各个现场的地名之后，提出了本案的另一个特征：

所有案发现场的地名（除昂不雷尔街之外），均是莎翁笔下的人物。

阿雷尔教堂（Ariel-Kirche）和米兰达（Miranda）广场——阿雷尔和米兰达均出自莎翁的作品《暴风雨》。

提坦尼亚（Titania）广场和欧泊龙（Oberon）广场——提坦尼亚和欧泊龙是莎翁名著《仲夏夜之梦》中精灵王夫妇的名字。

科德利雅（Cordelia）街——科德利雅是《李尔王》中李尔女儿的名字。

欧斐利雅（Ophelia）街——大概没人不知道，欧斐利雅是《哈姆雷特》中珀隆琉斯（Polonius）的女儿。

但这个了不起的发现并不能解决什么实际问题。本市以莎士比亚作品中的人名命名的街名和地名有上百个之多——光是哈姆雷特街就有三条。除了欧泊龙广场之外，还有两条以欧泊龙命名的街道。

实际上，阿珀尔副探长提出的假设并不被太多人重视的根本原因，是它并不能够准确预测今年三月的犯罪现场究竟会在哪条街。而且昂不雷尔（Umbriel）街这个现成的反例，也让这个假设的可靠性打了折扣。

不过，我得说，多亏了阿珀尔的启发，我才能将这些现场按照某种奇妙的规律衔接起来。《大众天文》是我最感兴趣的杂志之一，这不能不说是一个巧合。

第四节 假 设

一九八六年一月二十四日是一个值得纪念的日子——旅行者二号在这天登陆了天王星，这是在继一七八一年威廉·赫歇耳发现这颗行星之后，天文爱好者们第二次为了这颗蓝色的神秘星球而疯狂。

请不要怀疑，我所说的和这个案子无关。我偏巧对天文学有一点点兴趣，因此我注意到，天王星目前已知的十五颗卫星（其中的十颗都是在差不多六年前被"旅行者二号"发现的，天文爱好者们真应该为生在这个伟大的时代而感到幸运）里，有十三颗的名字取自莎翁的作品；而拉塞尔在一八五一年发现的天卫二，恰恰叫作"昂不雷尔（Umbriel）"——这个名字似乎是来自亚历山大·蒲柏的作品《夺发记》(The Rape of the Lock)。

好了，让我们来回忆一下：

天卫一即阿雷尔——一九八五年三月七日，阿雷尔教堂的帕尔姆神父被害案。

天卫二即昂不雷尔——一九八六年三月二十五日，昂不雷尔街地下停车场的德里克片警被害案。

天卫三即提坦尼亚——一九八七年三月十五日，提坦尼亚广场地下通道的罗纳德·巴伦被害案。

天卫四即欧泊龙——一九八八年三月三日，欧泊龙广场的第三十八届艺术节游行案。

天卫五即米兰达——一九八九年三月二十三日，米兰达广场的"第三个广场"案。

天卫六即科德利雅——一九九〇年三月十二日，科德利雅街地下停车场戴安娜·弗吉妮亚被害案。

天卫七即欧斐利雅——一九九一年三月三十一日，欧斐利雅街街心花园广场的"第二个周末的第二天"案。

除了伊丽泽的案子没有对应以外，全部都吻合。

天卫八即碧安卡——今年三月的月圆之夜，应该是十八号与十九号交替的那个夜晚。而我所知道的那条以《驯妇记》中卡特李娜（Katherine）的姐姐的名字命名的街道，就在朗林根区。

但我并不能确定本市没有第二个以"碧安卡"为名的地方。我得说，尽管我似乎碰巧发现了罗密欧挥刀的一点点小秘密，但更多的秘密依旧悬而未决。

为何要将头颅带离现场？

除了伊丽泽的案子，之后每一位受害者的头颅都被凶手带离了现场，丢弃于附近的某个小公车站，这显然不是偶然的。我将这些小公交车站的名字按照案件发生的时间顺序写了下来（三角街、小乔治街、卡彻曲第一学校、鲁尼、沙、派蒂和戴尔德姆），可看上去似乎并没有什么帮助——不同于那七个案发现场，我无法将这七个地名在逻辑上串联起来。

我将这些地名拆成一个个单词、一个个字母，它们因此显得长短不一且毫无规律。从"沙"我想到了伊朗国王，而"派蒂"则令我联想到了今天吃到的那配方独特的胡椒蜂蜜饼——这又让我的胃感到一阵痉挛。

我放弃了将这些词和字母重新组合或者转换成数字密码甚至电报码之类的想法，并因此推测那位天文和英国古典文学爱好者并不喜欢玩过于复杂的文字游戏，且十分讨厌密码和数字：这样偷懒的假设对于一个即将辞职的探员来说并不为过。我想起"MA区09"的那面墙上似乎挂着一幅本市的地图。

我在这张颇大的地图上将所有的现场和丢弃头颅的小公交车站都用红笔标上了记号，并注明了顺序。然后，效仿某部电影中的情节：我盲目而又自信地将所有的现场按照时间顺序连了起来。

结果却令我失望，得到的线条并没有呈现出任何形象上的规律或是貌似某种手写签名字体的几个字母。我可以硬说是签字体的字母"L"，但这又有什么用呢？

我又按照同样的方法连接了所有丢弃头颅的小公交车站，结果还是没有得到什么。

最后，我将每一次的案发现场和对应的丢弃头颅的车站用直线连接起来，并延长——倒是倾向于在雪令区集中，却找不到一个确定的公共交点，这样看来也没什么用。

那么，凶手将头颅带离现场的用意究竟是什么呢？谁都清楚，带上一颗尚在滴血的头颅离开作案现场，要比两手空空地离开麻烦许多。罗密欧坚持这样做，理由想必和作案现场的选择类似，都是有其必要性的（只不过其中的规律我们目前尚不知道罢了）。换言之，他必须将这些死者的头颅带到那些车站（并且不能是别的车站）。只要也只有这样，他的计划才能够顺利完成。而这个计划，今年多半也还是要继续进行的（要知道，天王星的卫星可有十五颗之多）。

至少我认为，在罗密欧"认为"他的计划已经完成或者接近完成的时候，是会给警方或者公众一个信号的。从德里克片警被害案中，那揉成团的登有"影子杀手"相关报道的《自由先导报》就可以看出："影子杀手"对公众和媒体的评价还是在意的。他应该不会想让规模宏大而且运作已久的精心计划悄无声息地结束：大部分有头脑的（换言之，并非"随意挥刀的"）变态杀人者都是如此。①

所以，即使我们此刻无法揣摩到罗密欧辛苦搬运死者首级的良苦用心，到了最后——他认为我们应该知道的时候，他就会告诉我们。这显然是最坏的结果，因为这意味着还有好几个无辜市民将会被残忍地夺去生命。除了一心想将"计划"进行到最后的"影子杀手"本人，大概没有人愿意这样。

似乎是担心自己所出的谜题太过晦涩，罗密欧也给了我们一点点提示——可惜这个提示带来了更多的不解和疑惑。

为什么伊丽泽的案子在案发地的选择上是个例外？

因为它是第一个案子吗？一样的凶器、一样的月圆之夜，可为什么不让第一个案子在阿雷尔教堂发生呢？至少我认为，让伊丽泽在阿雷尔教堂死去，并将她的头颅抛弃在某个小公交车站，比让它在白天鹅桥上发生要更"完美"些。

或许凶手有其他的打算——也可能真是卡罗莉娜的情夫在杀死了伊丽泽之后，才开始计划这个"天卫×月圆之夜连续杀人案"的，谁知道呢？

如果罗密欧没有布下陷阱，那么，我倾向于相信这起连环杀人案的凶手来自伊丽泽社会关系网中的某一环节：伊丽泽为什么来到白天鹅桥？是否独自前往？为什么要身着盛装？她在等待

---

①关于"主动连续杀人"和"被动连续杀人"之间的区别，参见《黑暗的女儿》篇。

谁？如果这一系列问题的答案所指向的某人和伊丽泽之间没有一点关系，那么，伊丽泽死前的一系列举动显然是难以解释的。

但如果肯定了这个假设，面前的事实似乎又有一个悖论。警方对所有可能和伊丽泽案有关的人物（包括吕根曼·霍费尔、莱奥诺蕾·米塔格、罗德·施密茨、卡罗莉娜已知的数个情夫，以及伊丽泽生活圈子中和她比较亲密的几个人）的监视一直到一九八八年第三十八届艺术节游行案之后才宣告结束——尽管这些人都提供了可靠的不在场证明。这些人在之后的四个案子发生之时都在警方的监视下，得到了绝对的不在场证明，彻底洗脱了嫌疑。

这样看来，凶手只可能是已经失踪了的卡罗莉娜和她的某个尚不为人所知的情夫了。之后的七个案子，只有曾在伊丽泽的生活圈子中出现的那两人没有不在场证明。可他们那时又身在何方呢？

更重要的是动机。假设凶手真是卡罗莉娜和她的某位情夫，那么他们每年杀人的目的是什么？他们设计这样"颇具艺术性"的犯罪手法是为了什么？如果他们要向吕根曼先生示威，为什么不干脆杀了他（事实证明他们也有这个能力），而要向这么多的无辜市民下手呢？

从私奔演变为连环杀人——这样离奇的情节，恐怕在小说里也不多见。

而如果凶手不是他们，又会是谁呢？

我无法从卷宗里记录的关于伊丽泽案的证词中获得什么——这些年代久远的证词繁杂、重复，很多地方含混不清甚至自相矛盾（比如一九八六年所记录的证词里，关于伊丽泽当时在哪个学校就读就有三个不同的版本；有十三个人的证词证明当时她正在放春假,而又有两人说当时她正在紧张地补课,还有一个人说她当时正在阿德隆夜总会当女招待)。如果真想得到总局的悬赏,我想,不可避免的,我必须去拜访一下吕根曼先生。

另外,伯恩哈迪·金格和坎普尔·格兰犯下的模仿案子中的一个细节也引起了我的注意。在前两宗模仿案子里,他们也将死者的头颅丢弃在了邻近的小公交车站:这是没有目的的随意模仿,还是刻意而为的唯一选择呢?

我不觉触碰了一下脖子上坎普尔带给我的伤口,不知道下一次拜访时坎普尔又会送给我些什么。

早该离开这让人感到窒息的档案室了,老吉姆当然已经下班,他将钥匙放在了办公桌上,下面压了一张便条:

记住!我陪你加班了一小时,你欠我一杯咖啡。
走的时候锁上门。

吉姆·华特生

第五节 再 访

"你的谎话也太低劣了一点。这边继任的狱警怎么可能是男人呢？"

坎普尔一边大嚼我悄悄带进囚室的甜面包圈，一边不忘吐槽我上次拜访时所说的拙劣谎言。那本《傲慢与偏见》似乎已经看完了，木椅旁的小桌上放着一本《多瑙河领航员》。

一九九二年二月二十七日接近中午时候，南门监狱F8E－七〇九室——坎普尔的小房间里。

"确实，我的脑瓜简直和咸水鲨鱼一样笨。① 实际上，我是一名记者……"

"你是记者？哈哈，你又在骗人了！你的脑瓜确实和咸水鲨鱼一样笨。不！比鲈鱼和鳗鱼还笨……嗯，还有吗？"

坎普尔已经将纸袋里的三个大号甜面包圈吃完了，袋子丢到一旁，看着我。

我将早晨没吃完的半包苏打饼干拿出来，还没伸出手，坎普尔马上抢了过去。

"谢谢，嗯……你根本就不是记者。我想我说得没错，你

---
①此比喻出自《多瑙河领航员》，儒勒·凡尔纳的作品之一。

既不像实习记者也不像领工资的记者,或许你是一个很特别的记者……但你撒谎了,杰出的记者……嗯,特别的记者从不说谎——所以你压根儿就不是记者!我说得没错,不是吗?"

坎普尔说话的声音很大,梅彭又在外面敲铁门了。

"那么……你认为我是什么呢?"

坎普尔突然笑了。

"我就要换房间了。嘿嘿,你知道吗?梅彭那混蛋——"

梅彭这时突然推门进来了,手上握着警棍——她显然听见了。

"'六一七三一',想挨棒子了吗?"梅彭将警棍高高举起。

坎普尔却已经缩到了墙角,用毯子紧紧裹住身体。眼睛并没有看谁,只是不住地发抖……

"她的精神状况出了很大的问题。你也知道,我们怀疑她有杀人或者自杀的倾向,这对其他女囚犯甚至狱警而言都相当危险。"

我并没理睬梅彭,只是默默地吸着烟。

"无期囚犯在心理上迟早都会出点问题的。她来这里也没有多长时间。实际上,我们在很多方面都相当宽松,她能够随便看狱外的书,甚至可以吸烟……我们都没有这么多特权。"

"我还能再和她谈谈吗?"我将烟掐灭,有些粗暴地打断了梅彭的絮叨——我对眼前这个女人的言行感到厌恶。

"当然。"梅彭似乎对我的反应略略有些吃惊。

"还有!如果不是出现了十分紧急的情况,请你不要再随便进来。你刚刚也说过,她的精神状况有问题:如果你给她太大压力,一旦她的精神完全失常,对我而言十分重要的破案线索自然也就跟着永远地失去了。你有责任保障被收监者的人权,不是吗?"

"嗯嗯……这我当然知道……"

"正如我所说,坎普尔·格兰现阶段是警方一个重要案子的关键人物。那么,嗯……调换囚室的事情稍缓一阵再说。另外,你们必须尽量满足她的各项要求,并时刻留意她的精神状况。如果她出了什么问题,就有人必须承担后果,明白我的意思吗?"

"知道了……我会尽力的。"

面对我近乎诘难的话语,梅彭自然心知肚明——对于坎普尔目前时好时坏的精神状况,她至少得负上一半的责任。

我回到了七〇九号狱室——坎普尔还躲在墙角发抖,她一只手机械地拉扯着床铺上薄薄的棕色褥子,床铺这头的弹簧芯都裸露出来了,其中不少要么生锈要么断裂。每天晚上睡在这样劣质的钢丝床上,一定不太好受。

她对我的再访完全无动于衷。我将掉在地上的《多瑙河领航员》捡起,递到她的面前,她也不接。

"你不用换房间了,我跟梅彭说过了,她说你可以继续待在这里。"

她没回应。

"她们也不会再给你吃胡椒蜂蜜饼了。我会常来的,给你带你喜欢吃的东西。"

依旧没有回应。

"你可以叫我文泽尔——嗯……你说对了,我不是什么记者,我是十一警察分局的——"

"啊啊啊啊啊啊啊——"

如同被人催眠或是受了什么心理暗示,伴着那足够将声带撕裂的哀号,一直在角落里缩成一团瑟瑟发抖的坎普尔用不知从何而来的野兽般的力量,第二次掐住了我的颈项。

梅彭故意拖延了几秒才进来——也可能没拖延吧。反正，这几秒钟大概是我人生中最漫长的几秒钟。其间发生的一切，每一个细节都格外清晰，每一个瞬间都如慢镜头般缓慢。我甚至从坎普尔布满血丝的惊恐双眼中看到了被拯救的喜悦和赋予救赎般的慈祥。

电棍狂暴地捶击着坎普尔的背脊，但她的手显然不愿意松开。些许电流也通过她的手臂和指尖传到了我的身上，让我感到阵阵麻痹和刺痛。

"够了！两个人都会被电死的！用这个……"

恍惚中，我似乎看到另一个狱警递给了梅彭什么。

梅彭丢下电棍，将手上的东西高高举起，用力地在坎普尔的背上扎下去。

坎普尔突然软下来了，梅彭和另一个狱警过来扶起我。但坎普尔彻底倒下去了——她撞倒了小木桌和椅子，左手悬在空中，右手扶不住床栏，挂在了床铺边的锈铁丝上。铁丝将她的手掌整个刺穿了，鲜血滴落在粗糙的水泥地上，散开成混浊暗淡的一圈。

梅彭扎在坎普尔背上的东西在碰撞之中脱落在地——一个已然空空如也的针管，针筒碎了，针尖也折弯了。

他们给坎普尔注射了麻醉剂或者大量的镇静剂，这真是个残酷的"好办法"。

但坎普尔的意识显然还没有完全丧失——我猜测这可能和抗药性有莫大的关系（她们恐怕已经不是第一次使用如此极端的方法了）。坎普尔的右手依然挂在铁丝上，她好像在说着什么，但我听不太清楚。

梅彭和另一位狱警想把我弄出七〇九室，我试着动了动身体。幸运的是，它还勉强接受我的指挥。我挣脱了她们的搀扶和拉扯，在坎普尔的意识最终丧失前的几秒钟里，终于来得及听见她最后想说的是什么。

"远山小径……"

第六节 迷 惑

"很遗憾,她必须被送进特殊狱房了。毫无疑问,她的精神已经完全失常。我明天上交报告,最多下周二她就会被送走了。这该死的……"

梅彭很不客气地将一杯水放在我的面前,自顾自地说着。

"精神病就该待在铺满床垫的小房间里,去享受他们长长的衣袖和马嚼子……"①

梅彭还在喋喋不休地说着。她说了很多,但我一句也听不进去。我喝了口水——水是冰凉的。我将杯子放下,走出了狱警办公室,连声"再见"也没有说。

我离开了南门监狱。

但并没有直接坐车回警局。"远山小径",本市著名旅游景点之一,离南门监狱也相当近。我想先去那里看看。

坎普尔为什么在完全混乱的时候会提到这个地方呢?即使那里有什么秘密——会是什么样的秘密呢?说不定仅仅是因为伯恩没有带她去过,她才在最后说出了这个未了的心愿而已——这实际上是很有可能的。

---

① 梅彭提到的这些,均为欧美精神病院里为了防止行动型精神病人自杀或攻击其他人所使用的特殊道具,看过相关国外小说的朋友们应该很熟悉了。

但又似乎是不可能的。我得承认，我对坎普尔的了解太少了，加上她的精神状态不太正常，我并不期望她给我的"最后提示"会有什么帮助。但我还是想去看看，说不定会有什么呢？不放过任何一点点可能性，这样虽然有些烦琐，但，真正的线索永远藏身在细枝末节之中。我喜欢夏哀先生的这句话。

在地铁上，我看了看本市的交通区划图。远山小径和第二精神疗养院相当近，这自然使我联想到坎普尔的精神状态——是否坎普尔也察觉到自己的精神正在走向崩溃，而有意无意地想到精神疗养院，而最后提到"远山小径"，实际上只是希望表达她"我的精神已经失常，需要前往精神疗养院治疗"的愿望呢？要知道，对于一个精神接近于崩溃的人而言，说出"自由意志市第二精神疗养院"，实在要比说出"远山小径"这个地名困难许多。

我承认，这个推断有些牵强——虽然它并不缺乏理由。

自由意志市交通区划图（局部）

从克拉米克街到古天文台站，乘地铁只需要短短六分钟；而坐七二〇路仿古旅游专线车晃晃悠悠地来到位于澳黎津山山顶的远山小径站，却耗上了差不多半个小时。这是我第一次坐这趟车，实在是太慢了！

坎普尔给我带来的新的疼痛让我产生了另一个疑问。

为什么坎普尔想要杀死我？

实际上，坎普尔的精神并没有完全失常。相反，在很多时候，她甚至称得上是一个相当冷静和善于分析的编外探员（屡次揭穿了我"拙劣的"谎言。"推理"这个工具，在坎普尔小姐的手里显然也相当好用）。

坎普尔的第一次失常，很容易就能知道其诱因。坎普尔回忆到伯恩和她最后一次作案，伯恩被击毙，而被害者的头颅以一种最可怕的方式展现在她的眼前。这一场景在当时给坎普尔的刺激无疑是巨大的，这也很可能是导致坎普尔神经出现问题的主要诱因。

因此，当坎普尔在我面前回忆这些的时候，恐怖的场景不觉又在她的脑海中再现——极端的恐惧和惊慌使她丧失了理智，想要摧毁面前的一切事物。而我，自然首当其冲。

当然，梅彭在生活上对她的虐待也实在称得上"功不可没"。

可第二次呢？

从坎普尔对待梅彭"棒子威慑"的反应来看，我第一次离开坎普尔之后，梅彭对她的虐待应该是加剧了。但第二次见面时，坎普尔仍然能先后揭穿我狱警和记者身份的谎言（并给出了令人信服的理由），以及对《多瑙河领航员》里的内容进行修辞上的正确引用：可见她的精神状况实际上并没有变得很糟——一个还能正常阅读凡尔纳科幻小说的人，总不至于突然之间没有任何理由地崩溃。

理由？

这个理由似乎就在眼前了。我站在澳黎津山山顶的观景台上,大半个自由意志市都尽收眼底:我可以看到不远处的南门监狱。不知道透过七〇九狱室的铁窗,是否也可以看到这里呢?

我宁愿相信坎普尔是因为经常在窗中看到这"远山",才会在那时无意识地说出"远山小径"的。

可惜我已经推翻了这个假设,而推理出来的结果却使我更加迷惑……

第二章 积 沸

第一节 加 班

我特地选择在一个周六来拜访吕根曼·霍费尔先生，其主要的原因并不是（至少我认为）银行家们在工作日里有多繁忙。伊塞尔副局长还没有批准我的长假申请，因此，今天一整天，为了下月底的复活节大游行，我和局里另外几名不幸探员，临时被抽调到阿迦门农广场，为安东尼交响乐团排演《复活节之良辰祷告曲》从事现场安保工作。

这首实际上是直接从海顿的那首名为《惊愕》的交响曲改编过来的曲子，听一次也还好，反复听几次就令人昏昏欲睡了——如果到了游行的时候也要反复演奏的话，曲名倒不如改为《复活节之船歌》比较妥当。

我一向讨厌加班，即使这样能拿到金额颇为可观的加班费。如果是为有趣的案子倒也还好，可偏偏又是为了这样的无聊事。汉迪克昨天倒是劝我拿一盒氨基比林[①]去向管这事儿的基尔（Kiel）副部长请假。

"基尔那家伙可是个好说话的人！不妨试试，难得的周末。"

汉迪克是这样说的，但我并没有去，即使我的办公桌抽屉里

[①] 一种退烧止痛药。下文提到的匹拉米酮为一种药物商标名，为同一种物质。

有一盒现成的匹拉米酮，因为我有一个去那里的理由，比躺在家里那本刚买的《欧黄鼠发饰》[①]要重要些。

实际上，吕根曼先生的别墅离那里不远。法夫尼尔街，从阿迦门农广场公车站乘八二一路专线车，十五分钟就能到。

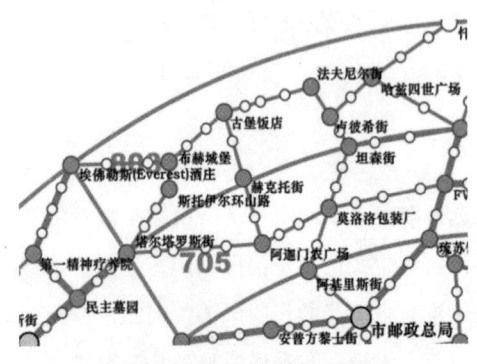

自由意志市交通区划图（局部）

"喂喂，奥鲁，这里很无聊啊，不是吗？"

和我同样"不幸"的奥鲁坐在旁边一个形状古怪的广场木雕上，正在看当期的《磨刀石》杂志——大概是他刚刚从街角的便利店买的。我打断了他的全神贯注，递上一支万宝路。

"怎么？你又想去哪里找乐子？我倒不介意等下帮你在基尔那家伙面前圆谎——如果他还来巡班的话。"奥鲁接过烟，掏出火来给自己点上。

"少来了。老规矩，下周二的鱼生我请。不用等我回来了。"

"那谢谢了……慢走。"奥鲁将目光移回杂志，漫不经心地冲我摆摆手。

[①] 菲拉赫先生写的德国施瓦本地区系列侦探小说中的一本，真正的出版时间好像是一九九九年。文泽尔在一九九二年就买到了这本书，自然是我的杜撰。

第二节 阻 挠

"对不起,请问您有什么事情?"

"我是十一局的探员,找吕根曼先生。"我亮出了警官证。

"哦,那您事先有预约吗?"

"没有。"

"很抱歉。即使是警务人员,如果没有什么明确的理由,又没有预约,是不能和主人见面的。实在很抱歉。"

法夫尼尔街九号,吕根曼·霍费尔家别墅,二月二十九日。

我之前甚至没有打个电话和吕根曼先生预约会面,这样唐突的造访,遭到拒绝也并不太奇怪。

不过,至于"明确的理由",我倒是不缺少。如果能让这位尽职的别墅守卫和吕根曼先生取得联系,那么我想,取得会见资格是没有什么问题的。

"哦,事情是这样的。由我们组跟进的伊丽泽的那个案子有了些新的进展,所以……"

"不好意思!请您马上离开,谢谢。"

这位年轻守卫的态度忽然生硬起来——显然和我提到伊丽泽的案子有关。

我又留心看了看眼前的这位守卫。他看上去不过十八九岁,但是体格健硕。胸前挂着似乎是别墅工作人员专用的身份牌，以此我得知他的名字是特兰斯凯·施密茨（Transkei Schmitz），别墅安全事务队长。

一般而言，这种身份牌和警官证不同，上面的照片是不需要三年一换的——这点可以从守卫间里那位正在看着今天的《自由先导报》的悠闲守卫身上得到证实：额上的皱纹和脱发严重的头顶显示他至少有四十五岁，而他胸前证件上的照片却完全是一副年轻人的模样。

但比照特兰斯凯的外貌，他那证件上的照片简直就是刚刚拍摄、冲印出来的——那么，他在这里工作的时间应该不长。可他却负责整栋别墅的安全事务，而且对那起八年前发生的案子有如此明显的反应（按年龄来看，八年前他恐怕刚刚进中学）。这样的事实，再结合他的姓氏，已经足够让我做出一点小小的推断了。

"伊丽泽是你儿时的玩伴，对吗？"

我承认，这样的试探相当冒险，而且是冒着被轰出去的危险。但既然之前的话已经说错了（虽然并非出于我本意），如果不采取这样的方法，注定无法通过这道大门。既然结果都一样，又何妨一试呢？

"你为什么问这个？"年轻人有些吃惊。

"如果我没有猜错，你应该是罗德先生的儿子。我详细研究过伊丽泽小姐的案子，罗德先生提供的证词对案子的帮助相当大，因此我记得这个名字。"

我猜测，特兰斯凯的态度之所以突然改变，很可能是因为对警方的办事能力感到怀疑——儿时的玩伴已然离开了八年，案子却还没有侦破，将这种失望迁怒到办事不力的警务人员身上，也是再自然不过的了。

"哼！记得清楚又有什么用，你们实际上谁都抓不到，不是吗？"

"正相反，我知道凶手是谁。"

"哈，真是笑话！如果你们知道凶手是谁，为什么不将他铐起来呢？"

"如果见不到吕根曼先生，我们就无法逮捕他。你相信吗？"

"那么至少拿出点证据来。你也知道，我并不怎么相信你们……"

"抱歉，我无法拿出任何东西来给你看，但是我可以以我的警章保证，它们存在！否则我也不会来了！"我看着特兰斯凯，试图让他相信我。

这也算是一场小小的心理战了，目前我当然压根儿不知道凶手究竟是谁；不过，只要存在事实和真相，即使埋得再深，也必定会被人发掘出来，所以我并不认为我在说谎。

况且，我也计划在短期内交出警章……我得承认，我并没有对眼前的特兰斯凯先生说出关于我如此坚定的"保证"的全部真相来。我想，事后我该为我在词句之间耍的小小诡计向这位年轻的别墅安全队长道歉。

片刻的对视之后，特兰斯凯的目光缓和下来。

"主人现在应该在茶室里。我让巴尔特（Barth）先生先带您到会客室去，我会在稍后通报罗德先生，他会接待您的。刚才言语中失礼的地方，还请您原谅。"

特兰斯凯向我略微欠了欠身以示道歉，刚刚一直在看报纸的巴尔特先生走出了守卫间，示意我随他走。

经过花坛的时候，我注意到那里面种植的早已经不是德国报春，而是看上去有些打蔫的高斑叶兰。

时间过去八年了，这似乎很正常……

第三节 管　家

"特兰斯凯似乎又做了一些不该做的事情呢，文泽尔先生。"

罗德·施密茨先生坐在我的正对面，一位铁灰色头发、上了年龄的女佣递上一杯精致的浓缩咖啡。

"哦，葛蓓特（Gobert）小姐，你可以退下了。"

"是的，罗德先生。"本来侍立在旁的葛蓓特女士转身离开了。

"那么……十一局来的文泽尔先生。您刚刚对特兰斯凯说你们已经侦破了伊丽泽小姐的案子，却无法捉拿凶手。那么，是否能让我知道，这究竟是怎么一回事儿呢？"

"抱歉，上面的规定，我只能向当事人的直系亲属汇报这些新线索。"

"您是说主人吗？现在正巧不是他的会客时间。主人从来都不接见未经预约的客人，从无例外，虽然您的情况似乎很特殊……嗯，不过，如果您不介意，我可以帮您向他转告。"

"那倒不必，我可以等。另外，我还有一些问题想要问您，关于八年前的那个案子。"

"乐意之至，文泽尔先生。"罗德先生对我笑笑。

罗德·施密茨，看上去四十岁上下，留着和管家身份不大相称的小胡子——相比之下，单就外貌来说，我倒更愿意相信他的真实身份是一个狡猾阴沉的威尼斯商人。如果让他去出演这样一部电影，甚至不需要额外化装。

我拿出随身携带的备忘本，翻到最后几页，准备开始做笔记。

"文泽尔探员，您今天似乎是突然想到要来这里收集线索的……"罗德指了指我手中的备忘本，"否则不需要用随身带着的小记事本来做临时笔记了，不是吗？"

"哦，不是，这个只能算是我马虎的职业习惯而已。我们可以开始了吗？"我对罗德先生笑笑。

"慢着，我想，您大概并不是负责这个案子的探员，是吗？"罗德的表情突然变得严肃起来。

"如果是想冒充警官的身份，借机在这里打探消息的记者先生，那么，您最好马上离开！否则，本人是不介意报警的。这样的事情之前也曾经发生过。"

真是格外警惕的管家，这些麻烦的有钱人！我在心里苦笑着。除了警官证，我也没其他办法可以证明我的身份。而且，实际情况是，我确实不负责这个案子。还好今天是周末，局里的上司们基本上都放假了，如果罗德先生现在真给局里打电话，值班警员那边我倒还是有办法勉强搪塞过去。

"不好意思，但我确实是十一局的文泽尔探员。如果您不相信，可以马上给伊塞尔副局长打电话确认一下——我们组是由他负责的，这个备忘本上就有他的电话号码。"我将手中的小本合上，递向罗德先生。

实际上，备忘本上根本就没有伊塞尔副局长的电话号码，仅有的那两个分机号一个是我自己的，另一个是汉迪克为了方便周末联系聚会而留下的。

如果罗德先生拨打总台，总台的蕾娜特（Renate）小姐（今天轮到她值班了——和我们探员的工作保持同一步调，周末总台应该算是最悠闲的，最忙的永远是直拨报警电话的接线员）会询问他警官证号和身份代码，以预先确定警员的身份（这当然是为了防止某些无聊市民对警方的正常办公进行恶意骚扰），这样，我的警官身份也就自然而然地确定了。

如果罗德先生选择此刻就相信我，那自然是最好——开始阶段的信任对之后的问询合作无疑有莫大的好处。

无论罗德先生选择什么，至少都不会对我不利。所以，我能够如此从容地交出自己的主动权来——反正结果都一样，那又有什么关系呢？

果然，罗德先生并没有接过我的备忘本。他看着我，短暂的审视或者说是思考过后，他的表情又恢复了刚刚的平和。

"好吧，我相信您。我们从什么问题开始呢，警官先生？"

"我想也就是一些老套的问题。有再确认一遍的必要。"

"我会尽量合作的。不过，年代实在是有些久远了，一些具体细节我可能会记不清，希望您可以谅解。"

"好的。嗯，一九八四年三月十七日这天，你在别墅最后一次见到伊丽泽·霍费尔小姐大概是在什么时候？"

"我想想，最后……应该是晚上七点左右，葛蓓特小姐和普法夫（Pfaff）服侍小姐进晚餐后，小姐回自己房间的时候。"

"你如何知道她是要回自己的房间？"

"当时我正要去检查花园门是否关好了，从走廊经过的时候正好看到小姐从左侧的楼梯上二楼。小姐的房间在二楼左侧最靠外的那一间，和卡罗莉娜小姐的房间相邻。"

我注意到罗德先生此处刻意不称卡罗莉娜·霍费尔为"女主人"或者"夫人"（在卡罗莉娜女士神秘失踪之后，吕根曼先生一直没有再娶。因此，她原则上仍保有别墅女主人的身份），而仅称其为"卡罗莉娜小姐"。

"那么，主人的房间和夫人的房间是分开的？"

"是卡罗莉娜小姐自己的要求——她似乎是说不习惯睡在主人卧房。"

"她是什么时候这样要求的？"

"从她和主人结婚那天开始，时间是一九八一年十月二十五日，一个美好的礼拜天呢！"

罗德说这话的时候，似乎含有些嘲讽的意味。看来，他也认定失踪了的卡罗莉娜女士就是八年前杀害伊丽泽的凶手了。

我得承认，如果此刻临时组建一个完全由无关人士组成的陪审团，让他们在看过这个案子已有的资料之后立刻指出所有嫌疑人中谁最可能是凶手（或者说凶手的帮凶），多半人也会选择卡罗莉娜女士的——这是现阶段最符合逻辑的选择了。

"你之前说要去检查花园的门是否关好，那么，这样的行为是不是每天例行的呢？"

"不是。我记得当时我们的老花匠罗伊特（Reuter）退休了，他的儿子莱蒙德（Raimund）刚刚接替他的工作，结果隔三岔五地总忘记锁门。不过现在就好多了。"

"在三月十七日之前，我是指，在卡罗莉娜小姐在别墅度过的这两年半时间里，她和吕根曼先生之间的关系怎样？"

"嗯，这是个难以回答的问题，考虑到我的立场，您能换个问题吗，文泽尔先生？"

"好的。这两年半的时间里，她和伊丽泽小姐之间的关系如何？"

"就我所知，没看见她们主动跟对方说过话。不过，大概是一九八三年春天的某一天,她们为了一件小事大吵了一架。这件事之后,别墅上下普遍认为她们之间的关系不怎么好。"

"当时伊丽泽小姐在放春假吗?"

"没错。伊丽泽小姐只在放春假的时候才回来住。"

"哪个学校呢?"

"豪泽区的奥托皇家女子学校。离这里比较远,加上主人也想锻炼小姐独立,因此从她入学后的第一年起就一直住校。"

"一九八四年也一样?"

"没错。那一年小姐本来想打一份假期工,但主人不允许,他们还为此吵了一架——这很少见,他们父女的关系一向都是相当融洽的。"

"是去阿德隆夜总会打工吗?那里离女校倒是很近,这样一来,伊丽泽春假时就不会回来住了,不是吗?"

"很抱歉,这点我并不清楚……"

"说卡罗莉娜小姐行为不检点一事是否属实呢?"

"这是个记者常问的问题,我无可奉告——理由您当然也知道。"罗德先生笑了笑。

"案发当晚十点左右,你曾经看到别墅车库里有辆车匆忙开出。那么,你能确定开车的是谁吗?"

"嗯,当时我只是偶然透过房间的窗户看到有辆车很快地倒过,并没有太注意。"

"你说'倒过',是指当时这辆车是在倒行吗?"

"是的,她当时应该正在倒车……"

"'她'?那么,你是指卡罗莉娜小姐了?"

"文泽尔先生,这只是我的猜测而已。你们警方后来也调查过,失踪的那辆车正是卡罗莉娜小姐平日里最常开的。"

刚才巴尔特先生带我过来的时候，我留意到别墅两侧花坛之间的距离相当宽。那么，如果驶出的车能轧坏花坛里的花，倒车的速度一定很快。换句话说，驾车人必定相当匆忙——这点也符合逻辑。如果倒车的速度慢，就很有可能被当时正在自己房间里的罗德·施密茨先生看到脸。

"当时轧坏了的德国报春后来补种上了吗？"

"这个您可以问问莱蒙德，不过他八成已经忘记了。主人现在对花坛里的花很挑剔，几乎是半年一换。"

"以前不是吗？"

"嗯，那之前的花，包括当时的德国报春，都是伊丽泽替我选的。"

罗德此刻已经站起了身——那么，回答这个问题的人，这栋别墅的主人，应该就在我的身后了。

第四节 主 人

"主人，这位是十一分局来的文泽尔警官。据说小姐的案子有了新的进展。"

"嗯，罗德，你可以退下了。"

"是的，主人。"

吕根曼·霍费尔，这栋别墅的主人，此刻就坐在我对面，罗德刚刚坐的位置。

"吕根曼·霍费尔先生，在这休息的日子里来打扰您，实在是很抱歉。"

"没什么。罗德刚刚说案子有了新进展……到底是怎么一回事呢？"

根据卷宗上记载的资料，吕根曼先生今年不过五十一岁——可在我眼前的，简直就是一位将近七十岁的老人：露在红绸睡袍外的皮肤缺乏光泽，有些地方甚至浮现出明显的老人斑。他的左手放在膝盖上，一刻不停地颤抖着，即使他用右手握住左手手腕也无法抑制。可怜的别墅主人，整个人淹没在衰老的气息里，仅有那灰色的眼瞳散发出少许希望的光华。我曾在卷宗里看过吕根曼先生八年前的照片，和现在几乎判若两人。可以由此想见，爱女的离去给这位先生造成了多大的打击。

"嗯,事情是这样的。我们组接管这个案子之后,发现之前的调查结果存在很多不明确和混乱之处,因此打算重新进行一次调查……"

"哼……也就是说,根本就没有新进展了!"吕根曼先生冷冷地说,算是对我为了和他面谈而找的拙劣借口的间接批评。

"并不是这样的,吕根曼先生。新的调查带来了一些新的疑点,我们必须重新审视整个案件——这也是我必须来找您的原因。"

"哼……这样的借口你们已经用了好多年了,没有一点实质性的东西。如果是在谈生意,你们早就被我踢出局了。一帮废物!"

吕根曼先生艰难地说出这些训斥的话语。他的身体颤抖得更加厉害,喘气声也变得异常粗重起来。一直守在外面的葛蓓特女士此时走进来,将一杯清水放在吕根曼先生面前。吕根曼先生显然相当生气,他用力挥了一下左手,将面前的水杯拂到地毯上,水洒了一地。

"出去、出去、出去!统统都给我出去!全都是废物……没用的废物……"

做完这一切,吕根曼先生似乎已经精疲力竭了。他瘫在扶手椅上,在呼吸还未缓和之前又是一阵剧烈的咳嗽。

葛蓓特女士捡起地毯上的水杯,从衣兜里取出一个药瓶,倒出两片小药片,给吕根曼先生服下。

"咳……又是氨溴索[①]吗?葛蓓特,这药根本没什么用。吃了它们我经常胃疼……咳,都是这群废物害的……"

[①] 即 Ambroxol Hydrochloride,是一种化痰药。

60

葛蓓特女士搀扶着呼吸已经稍微缓和的吕根曼先生，似乎要离开会客室。

"咳……年轻人，你先留下来吧。或许等我心情好些时……咳咳……"

吕根曼先生没有接着说下去，葛蓓特女士扶着他出去了。罗德先生又回来坐回他刚刚的位置上。

"很抱歉。文泽尔警官，自打那件事之后，主人的脾气就一直这样了。"

"嗯，我想，我似乎应该告辞了。罗德先生，我才应该为我的打扰抱歉呢……"

"那倒不必，刚刚主人说要让您先留下来的，我已经让葛蓓特帮您准备一间客房了——您的任务也还没有完成，不是吗？"

"是的，不过……"

"文泽尔先生，主人让您到刀室去。"葛蓓特小姐的突然折返，强行中止了我和罗德先生之间的对话。

"您说话的时候是否可以注意点儿？"

"什么？"

"请尽量不要惹怒主人，他的身体已经很不好了。太直接地提小姐的事情实在是有些残酷……虽然已经过去了这么多年……嗯，您也知道的，最好是先聊聊不太相干的东西。有什么事情的话，我就在拉门外面。"

葛蓓特女士在领我前往别墅二楼的刀室的途中善意地提醒我。

"主人，文泽尔先生已经上来了。"

"让他进来。"

葛蓓特小姐拉开了刀室的门。这是一个仿日式风格的宽大房间，墙壁上挂了不少字画，后江户时代的仕女组图占据了很大一部分。房间中央是一张古朴的矮方桌，吕根曼先生盘着腿，背对着我们坐着。

我脱了鞋，走进刀室，坐在吕根曼先生的对面。虽然这里的榻榻米感觉很舒适，但我实在不习惯这样的坐姿。我将右手肘支撑在膝盖上，左手则勉勉强强地拿着小备忘本，那样子令人感到相当尴尬。

"抱歉。文泽尔先生，我刚刚有些过于激动了，让您看到我那般失态的样子……我的呼吸系统最近一直都不太好，晚上也咳得厉害……谁也料不到，衰老会来得如此之快……"

这样的话我都不知该如何接下去，因此我选择转换话题。

"您对日本文化很感兴趣吗？"我环视了一下整个房间。

"也算是长久以来的嗜好了。呵呵，年轻人，你对这方面也有兴趣吗？"

"仅对这个民族在战国时代的混乱纷争以及他们一如既往的侵略性形象印象深刻而已。除此之外，武士刀和浮世绘方面，大概和您一样……"

"哦？那我们真该好好切磋切磋！您肯定愿意看看这个，我这许多年来的收藏。"吕根曼先生的表情显得惊讶和不可置信，我在回答他上一个问题的时候，无意中将我和他摆到了一个平起平坐的位置上，这大概激起了吕根曼先生的好胜心。一个亿万富翁竟然想在收藏兴趣上和一个穷警官切磋比试，有趣的老头儿。

吕根曼先生站起身，打开了靠近拉门的一个斗橱。这个斗橱一共三层，每一层都陈列着一柄武士刀。

最下层的那柄刀，从刀柄和刀鞘上看，年代应该颇为久远。刀鞘大概是镏金处理过的，以三双酢浆纹作为装饰，并在足间、中间和锴间分饰三双银的平纹。刀柄处配有银鲨——这应该是一柄仪仗用的太刀。

较细的刀身以及由茎处显著变宽的特征显示，这大概是一柄镰仓前期的古刀。

中间的那柄刀，我甚至曾经在去年的某期《刀剑美术》上见过。刀身上排布有形状如蛇行痕迹般、似乎名为"绫杉肌"的地肌纹理。如果我没记错的话，这应该是日本皇室技艺员，有着"光大月山派灵魂人物"之称的日本当代名刀匠初代月山贞一晚年的名作之一。月刊上说"该刀早在一九七九年被自由意志市的一位不愿意透露姓名的收藏家以一百二十七万美元的高价自美国波士顿美术馆买走"。想来这位"不愿意透露姓名的收藏家"，就是眼前的吕根曼先生。

区别于下面的两柄刀，最上层的那柄刀没有刀鞘。黑檀木的刀架上，应该放置刀鞘的地方空着，使这柄打刀在这三柄刀当中显得愈发特别。

这柄刀一定也是古刀了。整个刀身布满瑰丽诡异的装饰花纹，而刃文中竟然夹杂有尖刃；刀柄仅被镂刻成芜菁形的白色鲛鱼皮包裹着，并未额外绑上丝质缠带。刀柄上奇妙的弧度延长至整个刀身，乃至刀尖，仿佛浑然天成。自看到这柄刀的那一刻起，有那么十几秒，我甚至不能够将目光移向别处：完全不受我的控制了！一柄古代冷兵器的魔力居然会如此巨大，连我这个古刀鉴赏的外行都不由得暗暗叹服。

"文泽尔先生似乎并不是外行。一眼就可以分出这些藏品的高下，不是吗？"吕根曼先生笑着说。他当然已经留意到我的目光长时间逗留在哪里了。

我这才回过神来，颇为尴尬地冲吕根曼先生耸了耸肩。

"哪里，第一次看到这样的珍品，实在是很失态。不好意思……"

"呵呵，也是，现在的年轻人，很少有人会有这种爱好的……文泽尔先生，我们不妨来打个赌。"吕根曼先生此刻的样子颇为得意，和刚才生气时完全判若两人。他或许是将我看作一个完全的外行，想通过打赌的方式向我炫耀他关于东洋刀具收藏的渊博知识，以对我刚刚随便回答的"大概和您一样"展开报复。

实际上，如果打赌的内容是围绕日本刀鉴赏的常识（听吕根曼先生的口气，倒是有八成可能以此为题），我未见得会输，恐怕还有相当的胜算。奥鲁的办公桌在我转身能及的范围内，清闲的去年十月，我在无聊之余读完了他的《刀剑要览》。而他每月必买的《磨刀石》和《刀剑美术》我也是期期都看（相反，奥鲁倒是不怎么看《刀剑美术》，他喜欢西洋刀具多于喜欢东洋刀具，这主要和他对收藏品的支付能力有关）。这样看来，辞职之后，到朗林根区的冷兵器博物馆当刀剑展厅的临时讲解员似乎也是一个不错的选择。

"哦，打赌的内容该不会是关于这些艺术品的知识吧？"我又看了一眼斗橱。

"很遗憾，这正是我所想的，文泽尔先生。"

吕根曼先生清了清嗓子，将最上层的刀从刀架上取下——他似乎犹豫了片刻，又将刀架也整个取了下来。

吕根曼先生将黑檀木刀架放在矮方桌的中央，略靠近我的位置。接着便想把左手持着的那柄打刀放上去。大概是因为年龄的关系，吕根曼先生试了几次都没能将刀背放入两个木质裹绸的夹口里（虽然想帮帮这位老人，但可惜在日本刀收藏的实践方面我完完全全是一个外行，我甚至不知道应该怎样正确地握住一把刀，因此只好在一旁看着了）。

经历了一次险些滑落之后，这柄刀总算在刀架上找到了平衡。吕根曼先生此刻已经累得够呛，呼吸又一次变得急促起来。

"咳。人老了就是不中用，放一把刀都要这么半天！咳。"吕根曼将刚刚取刀时用的大块白绸丢到桌上，又坐回到我的面前，不住地喘着气。

外面的葛蓓特女士也听到了他的咳嗽声，她拉门进来，递上一杯清水。吕根曼先生喝了一口，将杯子放在桌上，喘气声慢慢地缓和了。

"年轻人，赌的内容很简单。"吕根曼稍微顿了顿，然后接着说，"说出这把刀是哪个流派的作品。如果说不出，就请马上离开，以后也别再来了……"

"如果我能说出来呢？"

"那么，我当然愿意协助你们对那起案子'重新审视'了，我年轻的警官先生——即使你们的那些啰唆问题我已经不厌其烦地回答过很多遍。咳……

"时间是一小时……咳。我就在隔壁茶室。如果你知道了答案，可以马上过来见我。如果时候到了还不知道，也就不用来和我道别了。罗德会送你出去的……咳，年轻人，认识你很高兴。"

吕根曼先生离开了刀室。

第五节 茶 室

"那么……你是怎么知道答案的呢，年轻人？"

"看了铭文而已。不过，恐怕得麻烦吕根曼先生您将刀柄还原了。那两个固定用的精巧金属扣[1]，我这个外行是无论如何也应付不了的……"

我确实该为我的要求感到不好意思。懂得要查看刀茎上的铭文，事后却不知道应该如何还原刀柄。这无疑表示，我对武士刀的兴趣还只停留在粗浅的理论上。

"哦，那没什么，只要你没有将刀给弄断，我这个老家伙还是能将它还原的。文泽尔警官，你真是出乎我的意料！"

"那么，您可以践约了吗？"

"哈哈，年轻人，你还真是性急呢！好的，好的，我们应该如何开始呢？"

"嗯，我想，也还是那些惯常的啰唆问题。细节上的东西如果您想不起来，就直接告诉我，不必勉强——毕竟，已经过去那么多年了。"

"哈，如果真还是那些老问题，答案我都还记得！行了，开始提问吧，文泽尔先生。"

---

[1] 即通常所称的"目钉"，用以将刀身固定在刀柄上。

"嗯，根据我们已有的资料，一九八四年三月十五日到二十日间，您和您的秘书莱奥诺蕾·米塔格一道前往梅尔市出差。因而，案发当天，即三月十七日夜，您并不在您的别墅里，是吗？"

"如你所说。"

"那么，出差的理由是什么呢？"

"这个问题我曾经回答过，嗯……我记得好像是一个叫哈斯还是……对了！一个叫汉斯的年轻探长问过我。那可是个有趣的年轻人。你知道他当年来这里的时候问的第一个问题是什么吗？"

"嗯，是什么呢？"

"他问：'您是不是一个左撇子？'哈哈，这个人真是十分有趣！"

眼前的吕根曼先生笑了，他似乎全然没有意识到自己跑题了。他笑的时候脸上的皱纹深陷，一口染满了雪茄斑的蜡黄牙齿也随之夸张地显露出来。除此之外，他还用左手使劲儿拍拍自己的大腿外侧，发出重重的"啪啪"声。这个与他的身份明显不符的习惯动作使此刻的吕根曼先生看上去完全就是一个嗜酒且开朗的老年贫农。我得说，这实在和我来之前所料想的太不相同了。

但我并不认为汉斯探长的问题有什么好笑的。因此我并没有附和着他的滑稽动作而显出哪怕一点点笑意来，一点也没有。

请原谅我在这里使用了一些不礼貌的词汇，我对眼前的吕根曼先生没有一点不满和偏见，只是我找不到好一些的形容词了。如果我的这些笨拙言语被坎普尔无意间听到，她大概会说我是生活在一九九二年的"纳撒尼尔·费思伯恩先生"[①]了。

[①]纳撒尼尔·费思伯恩先生是儒勒·凡尔纳的小说《公元2889年》里的一个人物。他疯狂地相信急冻再生技术，最后愚蠢地将自己关在急冻棺材里冻死了。施瓦本地区的德语方言里有时会将不会用词的人讽作"满口冻词（Gefrierwoerte）的人"，故在此处用此比喻。

吕根曼先生见我并没有什么回应，自己有些不好意思起来。

"嘿，果然又跑题了，年轻人，左撇子，嗯……这确实不怎么好笑，不是吗？"

我含糊地点了点头，并没有回应什么。

"上个月开董事会的时候也这样，老这样。他们问我资金流动的再分配问题，我却给他们讲种植千里香的注意事项。嘿，他们准在暗地里说'老人都这样'呢！我可受不了，或许我是真老了。年轻人，你说呢？"

我并不知道该说什么，因此选择继续保持沉默。吕根曼先生从睡衣口袋里摸出一支没有剪口的雪茄，看了我一眼，又将雪茄放在了桌上。

"你问的是出差的理由……嗯，出差的理由，我想那时候大概是和梅尔市的布朗·诺蒂吕斯那帮人开银行合作的年会，讨论一些关于钱的无聊问题。其实最主要的是年会结束后在诺蒂吕斯家举办的酒会。七十年代哪有现在这么多泡沫？我可怜的诺蒂吕斯家族，现在他们应该住在帕马安区，也不知道政府发给他们的救济金够不够买过冬煤的……"

"年会？也就是说每年都举行？"

"哈哈，年会当然是每年举行啦！不过似乎也就到一九八八年。我不是说了嘛，那一年，诺蒂吕斯家族被泡沫给淹死了……那年会可是从我曾祖父那一辈就有了呢！一八九九年诺蒂吕斯家族的人才刚刚学会放高利贷，一九〇二年他们就懂得巴结我的曾祖父霍费尔爵士，搞什么'年会'的噱头了——这帮粗俗的暴发户……"

也就是说，这个年会的时间是由破产的诺蒂吕斯家族所定的。这样看来，吕根曼先生本就微乎其微的嫌疑似乎更小了。

"那么,您是什么时候……我是指,您是什么时候获悉本案的?"我努力地寻找比较恰当的方式提问。这样或许可以让眼前的这位老人在回忆往事的时候不至于太过伤心。

"十八号早晨……哦不,大概是中午吧。周六晚的酒会上我喝了不少,以致完全没听到葛蓓特小姐第二天一早打给我的那通电话。后来……好像是莱奥诺蕾叫醒我的,和一群大概是梅尔市的警察一起……"

"嗯,您为什么到二十号才回到自由意志市呢?"

"咳,这个该问你那些梅尔市的同僚了。他们居然怀疑我当晚并没有在我的房间里醉得一塌糊涂,而是开车回到这里,杀了我的亲生女儿。咳,那群没长右脑的混蛋,他们完全不知道我一年要为他们交上多少的税钱!咳……"

吕根曼先生的喘息声又重了。

"咳,我、我当时……年轻人,你不知道……我当时有多么想回到这该死的城市,趁那群屠夫一般的剖尸官动手之前,看上我的宝贝女儿一眼……咳,年轻人,我也知道这不是你们的错……可这是谁的错呢?……咳,咳咳。"

吕根曼先生忽然用手抓住胸口,脖子仰起,看样子像是因缺少氧气而快要窒息。我正想喊葛蓓特小姐的时候,她已经进来了。

葛蓓特小姐用责备的眼神看了我一眼,将一个小型气雾喷嘴放进吕根曼先生的嘴里,按开了气阀。

这似乎是一种能快速扩张气管的速效药。吕根曼先生因窒息般的痛苦而扭曲的脸在几秒钟内就恢复了过来,他甚至还能对葛蓓特说:"出去吧,葛蓓特……别怪这个年轻人……咳,那是我的问题……"

葛蓓特小姐离开了茶室，没说什么。

快速扩张气管的速效药——它和田径赛场上会用到的兴奋剂有多大区别呢？如果某位病人的肺病严重到要用副作用如此之大的药品来抑制的地步，我想，那位开出处方的医生恐怕也应该对这位病人的情况深表遗憾了吧。

"没什么的，年轻人……"

"什么？"我不太明白吕根曼先生的意思。

"不等到你们找到……那个凶手的那一天，我的生命是不会这么简单就完结的。如果你们真的找不到，那么，我也就只能悄悄死在黑暗里了……哈哈，这可不怎么好玩……伊丽泽，她恐怕怎么也不会原谅，我这个做父亲的了……"

吕根曼的手抚着茶室里那张古雅的茶桌，他的眼睛里一瞬间绽出无限的忧伤。

无论怎样精妙的安慰话语，我想，在这个时刻，大概也统统没用了吧。我安静地等待着，直到这位可怜的老人再次从悲伤的情绪里走出来。

"哦，我没什么事——还能有什么事？我想，你接下来一定会问：'为什么我那群梅尔市的无能同僚在拖上三天之后又将您放了回来呢？'是吗？好了，我知道一定是这个问题，那并不是因为我的律师有多能干，而是我有三个可以证明那晚我一直倒在自己房间里的证人。"

吕根曼又拿起了雪茄，抚摩着，但似乎并不打算抽。

"第一个证人当然就是莱奥诺蕾小姐。她向警方做证说，她当晚十点左右的时候，因为不放心我而到房间来看过我。莱奥诺蕾，是她送我进房间的，她自然知道房门没锁。她说我当时睡得很死，还帮我盖上了被子，然后才离开的。

"警方当然怀疑她包庇上司。不过，第二个证人却是和我完全不相干的酒店服务员。他的出现有些莫明其妙。他做证说凌晨一点，看到我房间的客房服务铃亮了，于是来我的房间，看到我睡得很死就离开了，还在房门外挂上了'请勿打扰'的吊牌。

"不过这通莫明其妙的证词也被警官们怀疑了，即使没有动机，他们似乎也认定我就是凶手。这时，第三个证人来了——这人我甚至都没见过！他是管饭店出租车接客的调度员，其实就是负责开车门，顺带拿点小费的帮工。他说他可以确定，当晚值班的那段时间里，从饭店出来叫车的人当中，没有我。

"而他的值班时间好像是晚上九点多一直到凌晨。你的同僚们确定，从梅尔市到自由意志市，最快也要一个半小时。这么看来，我似乎又没有嫌疑了。

"不过，本市的警官们似乎更加尽职。我甚至怀疑他们是否被诺蒂吕斯那帮人收买，想要找机会掏空我的口袋。现在看来，我撑得比他们还要久些，嘿嘿……"

"您是指一九八八年，诺蒂吕斯财团破产和第三十八届艺术节游行案？"

"呵……那样一个血腥的案子竟然有这么个正式又冠冕堂皇的名字。不错，就是布朗那帮人破产那一年的二月底还是三月初——反正就是那几天。布朗那老家伙是三月一日宣布破产的，这我可记得很清楚！

"那起案子发生的时候，我的卧室外正守着两个直打瞌睡的警官。而别墅一楼仅有的两个出口，也分别由两个小队把守着。每年三月他们都喜欢这项活动……哦，我记起来了，那天是个星期四，应该已经三月份了——年轻人，否则你的同事们不会那么勤快，你说呢？"

"至少那之后就没再那么勤快了。"我冲吕根曼先生笑笑。

"不错、不错,之后的几年我就很清静了——直到你今天来找我。差不多有四年,我还以为你们再也不会来了!"吕根曼的口气一半讽刺一半感叹。

"剩下的就是一些比较私人的问题了,如果您不介意回答的话。"我并没有接下他的话。转移话题显然是目前一个比较好的选择。

"哦!当然了,我的朋友。我得说,我的赌品一向都相当好——约翰·柯特[①]都这么说!当年我和他赌那粒非洲珍珠的时候也就我们两个人在……哈哈,你看看我,我差点儿又要跑题了……年轻人,你尽管问吧。"

"好的……那么,您为什么选择和卡罗莉娜小姐结婚,即使知道她行为不检点?"

我提出这个问题是相当冒险的。

吕根曼先生笑了笑,将手里把玩的雪茄放回到睡衣口袋里。

"因为——她长得像我的前妻。呵呵……这个回答很可笑,对吧?可能这也只是一部分的理由吧。卡罗莉娜很迷人——她太迷人了,也可能正因如此……嗯,就是因此而耐不住寂寞……你知道的,我很多时候都不在家。当然,那是过去了,现在的我倒是天天都在这栋死气沉沉的房子里坐着,不过好像太晚了……"

我本来还想问几个关于卡罗莉娜情夫的问题,可现在这种情况下似乎不太好提出来了。

但我还是不得不提到伊丽泽。我这里还有几个问题只能从眼前的吕根曼先生这里获得答案。

[①] 吕根曼说的约翰·柯特,实际上是《飞行村》中故事主角的名字。我在这里略微引用一下而作为吕根曼赌友的名字,纯属文学玩笑。

"听罗德先生说,一九八三年春天的某个时候,伊丽泽小姐曾和卡罗莉娜吵过架。您知道是因为什么事情吗?"

"哦,这个我记不得了,或者我根本就不知道——似乎从没有人告诉过我这些……是罗德说的?他也不管这些……你待会儿直接去问葛蓓特小姐吧,或许能有个明确点儿的答案。"

"好的。嗯,那么您认为伊丽泽和她的继母之间关系如何?"

"这个,我想应该是最普通的女儿和继母之间的关系吧。她们基本上就是互不理睬。伊丽泽曾向我抱怨说,卡罗莉娜除了长得像母亲之外,其他方面完全不一样。"

"一九八四年,您和您的女儿吵过架,对吗?"

"为了假期工的事情。这事很明白,年轻人,你可以想想看。如果你是霍费尔家族的主人,又怎么会让自己的亲生女儿到夜总会去端送啤酒呢?不!你可能想错了,这并不只是因为家族声誉,更是为了子女的安全。我猜,即使我是一个保险公司的小职员,也不会让自己唯一的女儿到什么阿德隆夜总会去当酒吧女郎。临时工也不行!"

吕根曼先生说得相当激动,语速加快使他呼吸不畅。说完最后一个词,他已经上气不接下气,静了好一会儿才缓过来。

"咳,年轻人,我又失礼了!完全是一个没有经验的父亲,不是吗?咳,我这个保守又顽固的孤老头子……"

他开始在方桌上找寻雪茄,可实际上,雪茄已经回到他的睡衣口袋里了。

他的手在桌上摸索了好一阵子,最后,他不得不看向桌面——当发现那里空空如也后,他的手才重回到睡衣口袋里。

"你看看,你看看,我的记性开始不好了……年轻人,我得请求你的原谅——我不想再继续了。实际上你也该问得差不多了，不是吗？哦，我不想再回答这些问题——原因你也知道……反正，如果你还有问题的话——我是说，你的房间已经准备好，你想问谁都可以，想检查任何房间也可以，我都允许。甚至，你想在这里长住下来都没有关系——我很乐意有一个有趣的年轻人和我做伴……咳，就到这里吧。认识你很高兴，文泽尔警官。"

吕根曼先生站起身，手从睡衣口袋里拿出来一半，看样子似乎打算同我握手——不过，经过短暂的犹豫之后，他的手没有完全伸出来。

我们的谈话就这样潦草地中止了。眼前的老人，这栋别墅的主人，只给我留下了一个蹒跚而孤独的背影和空气里残留着的哀伤气味。

吕根曼先生把我作为客人留下来，自己却独自离开了茶室。

那支尚未剪口的雪茄大概是被他的主人扔进了走廊里的废纸篓里——隔着拉门，我听到了一声轻响……

第六节 女 佣

请允许我重新描述一下葛蓓特·斯托戈夫（这是个在旧俄国常见的姓氏，可能葛蓓特小姐的祖辈是俄罗斯移民，谁知道呢）小姐的外貌：年龄在四十五岁上下（档案室里的资料只提到她在这里工作的时间，并没有提及她的年龄），铁灰色的头发，灰色的瞳孔，皮肤呈现出一种没有血色的苍白，这使她脸上过多的雀斑显得格外分明。

这是二月二十九日更晚些时候。刚刚吃晚饭的当儿，我向罗德先生提出了一项要求。不知道外貌酷似威尼斯商人的管家先生是否正确地向葛蓓特小姐转述了我的想法；也可能是她对我无意间数次威胁到吕根曼先生的健康感到不满；抑或她一直对身为警员的我存有戒心……反正，葛蓓特小姐肯定是在极不情愿的情绪下配合我此刻的问询工作的。这点，稍微懂得点察言观色的人都可以从葛蓓特小姐此时对我的态度之中察觉出来。

"那么，葛蓓特小姐。一九八四年三月十七日那天，你最后一次见到伊丽泽小姐是在什么时候呢？"

"很抱歉，警官先生，时间过去太久，我已经记不得了……能换个别的问题吗？"

"葛蓓特小姐，你能努力回想一下吗？根据资料显示，你应该是事发当日最后一个见到被害人的当事人……因此，你提供的线索十分重要。请你好好地回想一下，我们有很多时间。"

"哦……我的警官先生。努力回想我恐怕是没办法做到的了——我有贫血症，很多年了……最近这段时间变得更加严重。一想什么事情我的头就疼得厉害，人也晕晕的，根本什么都无法回想起来！你看看，我现在就开始头疼了……"

葛蓓特小姐揉着自己的太阳穴，脸上挂着厌烦又无奈的表情。但那样子分明是在假装，她压根儿就不想配合我的工作，正找借口想将我从她的卧房里请出去。

让我想想——我该怎么提问呢？葛蓓特小姐在霍费尔家的别墅工作了整整三十二年，无疑和别墅里的任何一个人都有着很深厚的感情，且颇有默契。她一定也很疼爱伊丽泽，甚至很可能是一种母性的疼爱。伊丽泽的生母很早就过世了，而之后的继母卡罗莉娜小姐和伊丽泽的关系又不是很好。那么，将这些都看在眼里的葛蓓特——我知道她不是一个无情的人，至少我不认为她今天出自对吕根曼先生的关心而在二楼走廊上给我的善意提醒是一种伪装（眼睛是不会骗人的，我还记得她那责难的眼神）——她会怎么做呢？她会不会想要给予伊丽泽含蓄但足够的爱，来弥补这个可怜孩子生活中的空缺和创伤呢？

一个自己亲眼看着长大的孩子，忽然之间被人杀害了。这样的事实放在葛蓓特小姐的身上，她又承受了多大的哀伤呢？她会不会也很痛恨凶手，又有多痛恨呢？我们这么多年都没有抓住凶手，葛蓓特小姐，她是否也和吕根曼先生和特兰斯凯一样，对我的到来感到反感甚至厌恶呢？

这些问题，我想，大部分答案是肯定的。我已经想好应该如何进行这次谈话了——要想打开别人的心扉，那么至少自己要先敞开心扉才行。

"葛蓓特小姐,如果易位而处,我也会讨厌眼前这个喋喋不休的探员。"

葛蓓特小姐继续揉着自己的太阳穴,看也不看我一眼。

"如果……我是说如果,我也有一个女儿,即使不是亲生的。她在我的身边慢慢长大,由婴儿长成一个活泼可爱的少女。她就在那里,哪怕我远远地看着,心里也感到无比的幸福和快乐。"我继续说着。

葛蓓特小姐的手垂了下来——我知道,她开始认真听我说话了。

"有一天她死了,一个残忍而无耻的暴徒杀害了她。我一定会很痛苦,很想用一把尖刀刺穿这个恶魔的心脏,然后自己也一道死去算了……可是,这恶魔却逃进了地狱,我们甚至连他有着一副怎样丑恶的嘴脸都不清楚,也无法去想象。"

葛蓓特小姐抬头了。从她的灰色瞳孔里,我看见仿佛已经交织了几个世代的愤怒和悲伤。

"他们请了一个猎人来追捕这个凶手。起初,他们对这个猎人抱有很高的期望——你当然也一样。可是,那个恶魔实在太狡猾,猎人花费好多年也没有办法找到他的踪迹,而一个又一个孩子陆续遇害。慢慢地,你也不再信任这个猎人,每次他来到家里,你都报以冷漠而不信任的眼神,甚至懒得去搭理他。"

葛蓓特小姐的脸上现出了一点点羞赧之色,她显然知道我所讲故事的寓意。

"可是,这个猎人依旧很努力,也开始一步一步地接近恶魔的巢穴了。这一天,他终于来到了恶魔藏身的地方——那里有一扇门,一扇他怎么也打不开的门。而你,却拥有打开这扇门的唯

——一把钥匙。"

葛蓓特小姐看了我一眼。她似乎想说些什么，但她并没有，只是那样看着我。

"那儿当然可能不止一扇门——猎人还需要很多把钥匙，才能找到真相。那么，葛蓓特小姐，你愿意将这把钥匙借给我吗？"

葛蓓特小姐将手放在胸口上，深深地吸了一口气，再长长地吁出来。

"为了伊丽泽。"她已经决定了。

稍顿了顿，她接着对我说："文泽尔先生。我承认，你刚刚的话语听起来确实很真挚——你们当然也有你们的道理。但是，我现在同意回答你提出来的问题，完全是为了伊丽泽。至少，你们目前为止所做过的事情并没能达到……能够赢得这栋别墅中的任何一个人信任的地步。"

"这是真话……嗯，葛蓓特小姐，如果易位而处，我还是会继续讨厌眼前这个喋喋不休的探员。"我打开小备忘本，冲她笑了笑，"我们可以开始了吗？"

"嗯。"

"那么，还是刚刚的问题。一九八四年三月十七日那天，你最后一次见到伊丽泽小姐是在什么时候？"

"当时，我们服侍小姐用过晚餐，那会儿是七点左右吧……然后，八点钟的样子，我打开二楼走廊灯的时候，伊丽泽从她的房间探出头来。她甚至还对我微笑了……"

这样的回忆，对于葛蓓特小姐而言无疑是残酷的。这个场景不知曾多少次出现在她的脑海里。我不知道是否每一次她回想起这一幕的时候，都和这次一样，眼神中流露出的表情，瞬间由喜悦变为哀伤……

"晚餐的时候,她的行为举止或者情绪,有没有和平时不一样的地方?"

"嗯,那天伊丽泽好像很高兴。我记不太清了……不过,收拾餐具的时候,我发现她那天的胃口特别好,连豌豆都吃得一干二净!我想,她那天一定很高兴……"

"你当时正在打开走廊灯……每天都是同样的时间吗?"

"嗯……夏天是八点开六点关,冬天则都是七点。"

"现在也一样吗?"

"现在都是自动的了。"

"每天都是你负责吗?"

"不是,我管二四六,其余的由普法夫负责。"

"根据资料,普法夫在一九八五年的时候辞职了,你知道原因吗?"

"当然。他说他在意大利科摩湖畔(Comer See)住着的女儿要结婚了,她请他搬回那里和他们一起住。"

"这么说,普法夫是意大利人。你们后来和他联系过吗?"

"这点我不太清楚……一九八八年,你们的人似乎要找他,罗德先生为此给他发了一封挂号信,希望他能临时回一趟自由意志市。结果信被退了回来,上面注明的是'查无此人'。"

葛蓓特小姐想了想,又补充道:"不过,你不用太在意这一点,或许普法夫搬家了。他只在这里工作了四年多一点,是个很不错的人。"

"你能不能回忆一下——那时候伊丽泽正冲着你微笑,那么,那时候的她有没有什么值得留意的地方?我是说……任何方面,情绪或者外貌。"

"嗯,她那时很高兴,我刚刚说过……让我想想看……啊!

对了，她当时盘上了发髻！"

"这点和吃晚餐的时候不一样吗？"

"嗯……也曾经有人问过我这个问题，你们的档案里没有记录吗？唉……算了，可能这个问题不太重要。小姐习惯在晚饭前洗澡，因此，吃晚饭的时候她的头发一般披散着。"

这当然意味着伊丽泽当时正打算出门——我得说，这是一条十分重要的线索。

"那么，伊丽泽小姐……最后穿的那件黑色晚礼服。这件衣服，她一般在什么情况下会穿呢？"

"小姐很少穿那件衣服的。我的印象中，只在一九八二年春天，奥托皇家女子学校的一百二十年校庆上穿过——那天晚上学校有舞会！我猜伊丽泽一定是当晚最漂亮的女孩。"

"嗯，一九八三年春天，伊丽泽小姐曾和卡罗莉娜吵过架。吕根曼先生说，你或许会知道是因为什么事情。"

"哈……我知道的，我知道——那个恶毒荡妇的猫不见了。这个没礼貌的女人，门也没敲，就找进了伊丽泽的房间，换作是我，也会和她吵架的，我甚至会揪掉她的头发！"葛蓓特小姐恨恨地说。

"这么说，你认为卡罗莉娜小姐就是凶手了？"

"除了她还会有谁？她和她的某个情夫——大概伊丽泽无意间看见了他们的无耻事情吧。我的天！他们竟然会因此而杀了她！警官先生，我是怎么也想不通，抓一对有名有姓的私奔狗男女，竟然会如此困难！"葛蓓特小姐激动起来，语速也渐渐加快了。

"你知道那个情夫的名字？"

"反正就是小詹姆斯、多查特或者多纽特、杰森或者汤米或者又是谁……名字实在太多，我都记不太清了。也可能不是这些人中的任何一个，而是那恶心女人的哪个躲在暗处的小情人！——谁知道呢？也不知道你们是怎样让这些道德败坏的人渣一个一个地从你们的眼皮底下溜掉的！"

卡罗莉娜已知的那堆情夫，直到今天还被警方怀疑，但确实一个都没有被捕——实际上，我们对这堆"道德败坏的人渣"所采取的办法，是一到三月份就把他们像羊一样给围起来。最终把他们放掉也是无可奈何，因为在罗密欧挥刀的那一个个夜晚，他们确实什么也没干。

"那么，案发当天，卡罗莉娜有没有什么异常呢？"

"没有……呃，可能有吧，你知道，我连看也懒得看那个女人一眼。她那天大概是在六点吃了晚饭，然后就上楼去了。天知道她在房间里面做什么，可能是在给某个情夫打电话吧；或者她的房间里就藏了个人……哈，那倒很有可能！"

"伊丽泽小姐平时在别墅里最喜欢和谁说话呢？"

"应该是主人吧——不过，主人那时候很忙，他们父女俩经常一个月都见不上几次面。"

"除了吕根曼先生呢？"

"除了主人就是我了。伊丽泽小时候最喜欢跟在我后面问这问那的。不过，可能是长大了的缘故，自从她进了女校，就不太爱和我聊天了……唉，女孩大了，就变得内向起来。"

"那么，罗德先生和普法夫他们呢？还有特兰斯凯，伊丽泽小姐是否跟他们也比较熟络呢？"

"小姐基本上不和罗德先生和普法夫说话，除了一些必要的吩咐以外。而特兰斯凯当时还小，伊丽泽大概是把他当作自己的弟弟，经常给他糖果吃……至于其他的下人，小姐从来都不和他们讲话。"

"案发当天和这之前的几天里,伊丽泽小姐有没有向你提到过要去哪个地方呢?"

"我想没有。除了刚放春假回来的时候她说她想去阿德隆夜总会打工,曾问我那里是不是有很多不好的人。"

"你是怎么回答的呢?"

"我说'我不知道',因为我也没有去过。不过我倒是劝她不要去,毕竟,那种地方,不是年轻女孩子应该待的。"

"伊丽泽小姐因为这事儿和吕根曼先生吵架后,情绪上是否有波动呢?"

"当然有!那天小姐没有吃饭,将自己反锁在房间里。我把晚饭给她送上去,她却不理我,也不开门。不过我听见房间里隐隐约约有响动,似乎是伊丽泽躲在被子里的抽泣声。我可怜的小姐……"

"请你回忆一下,还是在那段时间里,有没有什么特别的情况需要再补充一下呢?"

"特别的情况……让我想想看。嗯,当时莱蒙德经常忘记关花园门,罗德先生为此训斥了他很多次——这件事在下人们中的影响很不好,主人甚至因此专门找他谈过话,可见这事情闹得有多大了。"

"还有别的吗?"

"嗯,现在我是无论如何也想不出来了——不过若我想到了,会马上告诉你的,我的警官先生。"葛蓓特小姐冲我笑了笑。

我合上了小备忘本。

"好的,葛蓓特小姐。我想我的问题就是这些了。另外,我想现在就看看伊丽泽小姐的房间,你能为我引路吗?"

"乐意之至。"

葛蓓特小姐从身边的抽屉里取出了一把钥匙——那应该就是伊丽泽房间的钥匙了。

不知道这把钥匙是否也是打开通往恶魔巢穴大门的第一把钥匙?

第七节 日 记

"这个房间，自从那天之后就没有动过了……你的同事们来翻过两三次，不过每次我都尽量将它恢复成原来的样子。"上楼梯的时候，葛蓓特小姐告诉我。

"他们是否拿走了什么东西呢？"我问葛蓓特小姐。

"应该没有。否则我肯定会知道——小姐的房间一向由我负责清洁，什么东西该摆在什么地方，我可是非常清楚的。"葛蓓特小姐掏出了那把钥匙。

"伊丽泽小姐是否有写日记的习惯呢？"

"嗯……或许有吧，但她大概不会给任何人看。我记得也曾经有一个警官问过我这个，他的名字好像是汉斯还是什么。那次他们将小姐的房间弄得特别乱，我费了好大的功夫才还原！"葛蓓特小姐打开房门，顺手打开了房间的灯。

这应该算是一个很典型的女孩房间吧——这方面我没什么经验。房间的基调是粉红色，床摆在靠近门的地方，床边有一个嵌入墙里的落地架，里面摆满了各式各样的可爱玩偶。书桌在靠近窗台的地方，一侧书架和房门相连。书不多，却陈列着很多精致的小花瓶。那应该是伊丽泽的私人收藏了。

床边有一个小小的床头柜，上面放着一只很大的泰迪熊布偶——几乎有一个五岁小孩那么大,这使得整个房间乍看上去有些滑稽。不过细看看,却又觉得这房间的主人十分可爱。

"你也注意到了,文泽尔先生。那只熊是主人送给她的,八岁生日的礼物。很可爱,不是吗?"

我点点头,走到书架前面翻看里面的书。

大部分是散文集和小说,以凡尔纳的居多。粉色封面的《永恒的亚当》,薄薄的书页里有很多地方折起,可能她当时正在读这本书。

那些小花瓶里面有些装满了用五颜六色的彩纸折成的小五角星,有些还没放满,有些还是空的。

"自从她从莱蒙德那儿学会折这种小玩意儿后……"葛蓓特小姐向我解释道,"她就告诉我,说要为她生命中的每一天都折上一枚。"

葛蓓特小姐走过来,拿起一个未满的花瓶。

"我问她:'那之前的该怎么办呢?'她笑着对我说:'那些我会倒着向前慢慢补上的。'——你看看,多么可爱的女孩子……"

我仔细看了看——未满的花瓶确实只有两个,也不知道她已经补到哪一年了。这可怜的女孩。

"很抱歉,葛蓓特小姐……只是,我能单独检查一下这个房间吗?"

目前我还不能排除别墅中所有人的嫌疑,因此,一点点的保密工作还是必要的——虽然葛蓓特小姐很可能不是凶手,但谁也不知道,她会不会将我在这个房间里所做的、所找到的东西告诉其他人。因此,我相信葛蓓特小姐也能够理解。

"哦,好的,警官先生。但请你不要弄得太乱,好吗?"

"嗯,好的。葛蓓特小姐,我会把东西放回原处的。"

"有什么问题的话,我就在外面。"葛蓓特小姐离开了房间,同时带上了房门。

我来到书桌前,坐在伊丽泽的椅子上。

如果我是伊丽泽,如果我会写日记,那么,我会将它们藏在什么地方呢?

床底下?床垫的夹缝中?梳妆盒的夹层?抑或那只泰迪熊布偶里?我想应该不会是太平常的地方。要么干脆就没有这些东西——否则,我那些未谋面的同事肯定早就找到了。

但我还是要找一遍这些地方——说不定他们遗漏了呢?又说不定,这栋别墅中的谁,在每次搜查之后,就又将事先藏起的日记本归还原处呢?总之,即便什么也找不到,这些地方我都还是必须重新检查一遍。

在接下来的一个多小时里,我将这些地方陆续找过,再一一将它们还原——我甚至翻看了每一本书,也捏过每一个稍大点的布偶的肚皮。我将垫在抽屉里的衬布卷起,将梳妆盒和音乐盒的外壳拆掉……我甚至检查了床头柜和落地柜可能的夹层,连暖气片内侧的窄缝也探了一遍!

什么都没有!日记本,或者有伊丽泽字迹的纸片——什么都没有!

我累得瘫倒在伊丽泽的椅子上。最后看的一些东西(比如枕套和被套,枕芯的垫衬等),我甚至都没有力气去将它们还原了。

我有些颓然地坐着,脑中尽是些杂乱的细节——这里肯定有一些什么东西。我不知道我为什么这么肯定。虽然理智告诉我,过去了八年,即使有什么,也一定早被谁拿到不知道什么地方去了。也说不定这些根本就从未存在过,伊丽泽从来都没有写日记

86

的习惯;而我这一个多小时的盲目忙碌,完完全全就是我的一厢情愿。

不!我得冷静地想想,回忆一下——如果我是伊丽泽,我在放春假的时候回家,我每天都会干些什么?——洗澡、吃饭……回到自己的房间,然后呢?我会看看书,然后折上一枚属于今天的小五角星。

小五角星!

我的目光落在了那些小花瓶上——我得说,这确实是一个相当合理的推测。

日记有可能写在折成那些小五角星所用的彩纸上。

我拿过一个半满的小花瓶,有些迫不及待地拆开其中的一枚小五角星——里面却什么也没写。

我又取出一枚,拆开,还是什么也没写。

这大概是补上以前哪一年的某个瓶子吧,我这样想着,拿过另一个半满的小花瓶来。

这个花瓶里的小五角星比上一个里面的还少(伊丽泽是三月中旬遇害的,这年积下的五角星当然没有多少)。我很小心地拿出叠在最上面的一枚橙色小五角星,然后将它慢慢拆开、展平。一行小小的铅笔字,在经过八年的时光之后,很规整地重现在我这个陌生人的眼前:

二月二十一日,看到迎春花开了一部分——喜欢春天。

不知道应该怎样形容我此刻的心情。我将花瓶里的小五角星全部倒了出来:莓红、草绿、天蓝、蕉黄、雪白……一枚一枚地拆开、展平。伊丽泽在一九八四年的生活如同拼图一般,渐渐呈现在我的眼前：

　　一月二日，又下了一场雪，今天还没有停。

　　二月十一日，呵呵，慵懒的周六呢。不知莱蒙德现在正在忙些什么……

　　二月三日，莱蒙德的小屋里柴火燃烧着，我喜欢他笑时的样子……

　　三月三日，今晚的剧情很无聊，洁丝说得对极了，肥皂剧还是少看为妙！

　　二月二十九日，二月的最后一天，莱蒙德又被罗德先生骂了——这全是我的错。

　　一月十七日，卡罗莉娜对着猫笑，她肯定不是个坏人。

　　……

将这堆普遍都很简短的日记大致看过一遍后，我挑选出了下面的这几张：

　　二月十四日，昨天做好的巧克力今天终于交到了他的手中。我不小心踩坏了花园里的月季花苗，但愿他记得及时补上。我爱他……

　　三月四日，我讨厌爸爸！本想用打工的钱给他买生日礼物的。他从不骂我，我觉得很委屈……

　　三月十七日，呵，好想现在就见到莱蒙德呢！今晚的化装舞会上他又会扮成什么呢？

我将这几张彩纸收起，夹在了备忘录里。其余展开了的彩纸则放进了伊丽泽床头柜中小梳妆盒的夹层里。我将空了的小花瓶放回原位，想了想，又将另一个满满的花瓶中的小五角星倒进去了一半——现在，我们就多出了一个半满的花瓶来，希望伊丽泽不要怪我。

我起身，关灯，走出了伊丽泽的房间，并悄悄地将门带上。葛蓓特小姐不在门外，门上贴了一张橘黄色的便条：

警官先生，原谅我先下去了。
我没想到您会花这么长时间，但愿没有弄得一团乱才好。
您房间门口的保温瓶里有咖啡，明天我再来锁门就行了。
晚安！

葛蓓特

第八节 花 匠

二月二十九日整晚都在下雨,礼拜日的早晨也因此变得有些灰蒙蒙的。

昨晚我没怎么睡——我似乎是用了整个晚上来等待黎明破晓时刻的到来。昨天之后,关于此案某些无法解释的疑问,突然之间,变得好像只有一步之遥了,兴奋感让我合不上眼。虽然我也知道,解决了这些疑问,并不意味着离那位隐藏的杀人者更近了些。但是……无论如何,我再也躺不下去了。

在客房的卫生间里匆匆洗漱过之后,我看了看手表——还差几分五点。

我离开了客房,沿着走廊来到厨房旁边。按照葛蓓特小姐所说,这里的侧门可以直接通到别墅的花园。

侧门没锁,我将它打开,来到别墅左侧的庭院。

相较于霍费尔家族的财力,这个庭院并不算大。半圆形的空间,别致地布置上仿古拜占庭式的石砖和竹质长凳。四周的迎春花似乎有些疏于打理,无序且杂乱地盛开着,在这早晨惨白黯淡的光线中看上去冷冷的,甚至有点恐怖。

我横穿过庭院,来到另一侧的花园门。

很不幸,这扇简单装饰着螺旋花纹的古旧黑色铸铁条铁门锁得相当严实——花匠在周末的晚上也是尽职的。

看来我只好从正门绕过去了。

慢着！等等，那是谁？

透过那些螺旋花纹之间的巨大空隙，我很容易就看到铁门另一侧较远的地方有个人影在活动，做什么我却看不太清。

那个人，毫无疑问就是花匠莱蒙德了。

我试着让他发现我，于是，我冲着他的方向喊了一声："莱蒙德——"

周日的早晨相当安静。即使我已经尽量压低了声音，这喊声对于早晨的静谧而言还是有些过分了。无论如何，莱蒙德听到我的声音了，我看到他似乎向这边望了一望，然后走了过来。

不！这不是莱蒙德，这还是个孩子！六七岁的女孩，褐色头发。

她过来得很慢。似乎此时天色突然大亮，反正，当她与我之间只隔着这扇铁门时，夜色已彻底褪去，取而代之的是雨过之后特有的一种压抑的灰。

"你是谁，先生？"

她拎着一只铁皮小桶，用有些怀疑和胆怯的声音问我。

我看了看小桶里面，似乎是一些新鲜的杂草，装得半满。

"你养兔子吗？"我并没有回答眼前小女孩提出的问题。

小女孩咬咬下嘴唇，低下头不看我。

"其实，我小的时候也学过你呢……"我蹲下来，看着她。

"若是长耳朵的朋友们不爱吃饭，那么，请喂它们见到第一缕阳光之前，润满露水的新草。"我轻轻诵起这首不知源自什么年代的童谣来。

女孩仍旧不看我，但她用轻轻的声音接起了下一句。

"若是长耳朵的朋友们身体不适,那么,请喂它们乌云刚刚散去之后,挂满雨滴的新草。"

说到最后的时候,虽然没看我,但她的嘴角已忍不住漾起了微笑——这真是一个可爱的孩子!

"但请——"我故意拖长了音调,让她知道我在等她。

"但请记得拭去叶片上聚起的,那一汪汪雨水露水的池塘。否则,长耳朵的朋友们会闹肚子疼哟。"

她笑出了声,琥珀色的瞳孔看着我,刚刚的戒心和胆怯都随着这笑声烟消云散了。

"我是文泽尔,葛蓓特小姐让我来找莱蒙德先生。不过,这门……"

我拉了拉眼前的铁门,显出一副无可奈何的表情来。

"先生,你在这儿等着,我去叫爸爸过来……"

小女孩转过身,朝着花园那端跑去。不一会儿,她的身影连同摇摆着的小桶,一起消失在了茂密的迎春花丛中。

但她迟迟没有回来。我有些不耐烦,又不好先行离开,只好斜靠着铁门,点了一支万宝路。

想想看,八年前,莱蒙德和伊丽泽的恋人关系,档案中竟然丝毫没有提及。问询中当然会涉及"伊丽泽是否有恋人"这个问题。这是否意味着,别墅中的众人对伊丽泽和莱蒙德当时的关系均毫不知情呢?

又或者他们中的少数人知道,却又刻意隐瞒——原因无非是两人悬殊的身份和阶层差异,富家千金爱上花匠的儿子,这在任何时代都会被有钱人家的家长视作瘟疫一般的丑闻。此刻"不幸"发生在霍费尔家族的大宅里,不用多加提醒,谁都知道,若想在这个宅子里保住自己的饭碗,这样的一件事,对外必须守口如瓶。

事实却和富人们通常处理此事的方式不同——莱蒙德并没有被解雇。原因自然有很多种，比如他们害怕辞掉年轻花匠反而会引起警方的怀疑（我得说，如果这是真实原因的话，那么，这样的害怕似乎有些过分夸张了。辞退员工这样的小事，大概并不会引起谁的注意）；又比如吕根曼先生并不知情，仅有管理内部事务的几个人（比方管家罗德）掌握事实，他们对花匠提出了警告，加之伊丽泽突然身故，就更加不愿意提起了；最后，更大的可能是没有人发现他们之间的关系。相较于我之前列举的两种情况而言，这一可能至少没有那么明显的漏洞。

我们不妨假设看看。如果别墅中有人知道莱蒙德和伊丽泽之间的关系，那么，当伊丽泽身着盛装的尸体出现在白天鹅桥上的时候，这些知道这个秘密的人最先想到的会是什么？

伊丽泽偷偷和莱蒙德约会，结果竟被莱蒙德杀害了！

莱蒙德并没有被列入重要嫌疑人名单中，显然是因为没有人告知警方这两人的关系，但伊丽泽被害，两人的关系是非常重要的。在没有其他附加条件的情况下，对于我刚刚提到的前两种情况而言，这一点是个很明显的漏洞。

按照常理来推断，无论是管家罗德还是吕根曼先生，在伊丽泽小姐遇害之后，相较于逮捕凶手，隐瞒莱蒙德的事都已经不再那么重要了。换句话说，他们知情不报，让一个很可能是杀害伊丽泽小姐的主谋或者帮凶的人继续留在别墅里工作，此后八年，又有更多的人被以同样的手法残忍杀害也都不闻不问——这无疑不合逻辑。

或者他们和莱蒙德达成了某种协议？

我得说，这个案子比我想象的还要复杂得多。

这时，身后突然传来钥匙转动的声音。我回头一看，还是刚刚的小女孩——她将小桶放到一边，踮着脚给我开门。门锁的位置，相对于她矮矮的个子而言，还是有些太高了。

"爸爸正在给妈妈敷药，他让我来给你开门。"女孩说得很认真。

"哦，好的……嗯，我能知道你的名字吗？"

"娥蔻·法尔彤（Echo Phaethon）。"

"真是个好听的名字！"我称赞道，这个名字确实很好听。

"谢谢！"小娥蔻有些不好意思地笑着，同时拉开了那扇铁门……

"哦，可是我什么都不知道，那件事……也帮不上什么忙。"

听我草草说明了来意，莱蒙德·法尔彤木讷地应付着我。他的手熟练地在病榻上那个女人的背上揉搓着。那是个美丽而苍白的女人，呼吸微弱。她的身体随着莱蒙德的手力左右晃动着，就好像被一根细线拉扯。莱蒙德换水的时候将她放倒在床榻上，她连动都不曾动过一下，就好像……一具尸体。

"请你好好回忆一下，或许可以想起什么来——八年前的三月十七日晚上。"

我并没有提到伊丽泽日记的事情，那该是最后迫不得已的手段——从他的言语和举止上看，莱蒙德似乎曾在精神上受到过很大的打击，我因此不太愿意让他一下子直面过去的那些回忆。坎普尔的例子摆在眼前，那样显然相当危险。

事实上，目前我并不能排除莱蒙德就是"镰刀罗密欧"的可能性。这样，我也就更不能提及我发现的那些写在彩纸上的日记了。

"哦，那天我早早就睡觉了，什么也不知道……"

莱蒙德瞅了一眼窗外——娥蔻正在那里，用刚采的新草喂两只小小的兔子。

看来，如果我不透露些什么，他是不会认真回答我的问题了。眼下我面临一个抉择：是将日记的事情告诉莱蒙德，以让他帮助我探案；还是离开这间小屋，自己再去寻找新的线索。

这明显是个两难选择。选择前者的话，就意味着我主动忽视莱蒙德可能是凶手或者至少和凶手达成了某种"默契"的可能性；选择后者则意味着要放弃目前很不容易才得到的线索（虽然也可以绕过莱蒙德取得我需要的线索，但肯定比直接问他要麻烦得多，甚至不见得能得到满意的结果）。在没有其他可以协助我做出判断的线索的情况下，我得说，这两个实际上都不是什么好选择。几乎就是一个"猜正反"的硬币游戏——我可不喜欢这样。

如果是这样的话，倒不如试试其他办法。毕竟莱蒙德并不知道我想了些什么，和他玩玩心理战或许有效，也不必因为选择错误而付出过大的代价。

当然，在"透露全部"和"一点也不透露"之间，还存在折中的选择——比如"透露一部分"。如果把握得好的话，说不定也可以达到预期的效果。

"莱蒙德先生——"我换上很严肃的口吻，"你认为，这次警方找你，也只是例行的问询吗？"

莱蒙德看看我，似乎对我态度的突然转变感到不解。

"你并不是这个案子的重要嫌疑人，对吗？"

"哦，嗯……"莱蒙德点了点头。

"但这一事实恐怕现在已经不再成立了——我们掌握了一些

新的线索……"

我拿出一支万宝路，但并没点燃——我环视了一下莱蒙德的小屋，看了一眼仍在窗外和兔子们玩耍的小娥蔻，又将目光移回到莱蒙德身上。

莱蒙德似乎迟疑了一下。他把刚刚拧好的毛巾放到一旁，将侧卧在床榻上的女人扶正，并给她盖好毯子。然后，他用那毛巾擦了一把脸，又将毛巾扔回到水盆里。

"我什么都不知道，警官先生。"莱蒙德有些局促地坚持着。他的声音在颤抖，呼吸急促，并刻意回避我的目光。当然，这些动作不如我描述的那么明显，一个毫不知情的人大概不会在意。但前提是，我知道莱蒙德此刻正在撒谎。所以，当他说出如我所料的谎话的时候，言不由衷所造成的心虚和胆怯也就如此夸张地显露了出来。

"你可以考虑一下，莱蒙德先生——"我将烟点上，"不过，如果你选择保持沉默，毫无疑问，你将因此付出一些代价——而这代价很可能大到超过你的想象。"我有些漫不经心地说着。

花匠摇摇头，没说什么。

我也不再说什么，而是兀自吸着烟。我已经将我的"两难选择"推到了莱蒙德身上，虽然选择的内容略有不同，但同样地，要做出一个决定可不是那么容易。

烟一会儿就燃尽了，莱蒙德却依旧没什么响动。我也不说什么，站起身，做出想要出去的样子。

这当然只是我所进行的心理战的一个小小步骤——我不会真的就这样走出去。事实上，如果莱蒙德继续沉默，我也有相应的战略可以应付。问询的准备工作进行到这一步，主动权已经完全掌握在我手中。

我还没来得及移动一步，莱蒙德就突然抓住了我的手腕——他的手心里已经全是汗了，让我感觉有些湿湿冷冷的。

"我怎么才能相信……我是说，我怎么知道你不是在套我的话呢，警官先生？"意识到自己的失态之后，莱蒙德慌忙收回手，战战兢兢地说出了这句话——我得说，这个问题提得相当直接和巧妙。

我面无表情地重新坐下，将小备忘录拿出来，打开，将那三张写在彩纸上的伊丽泽的日记递给了他。

"最近，我们重新检查了奥托皇家女子学校里的证物，发现了这些日记——影印的版本已经提交相关部门了。如果你不能提供一些额外的线索……莱蒙德先生，你应该明白我的意思。我就是为此而来的，我想帮助你。"

有时候，不说话并不代表不透露信息。莱蒙德刚刚的行为已经证明他八成不是凶手，但是知道一些被刻意隐瞒的秘密——或者确切点说，是协议。莱蒙德当然清楚，如果他和伊丽泽的关系被警方知道，他将立即成为本案最重要的嫌疑人。杀害恋人的动机演变为连环杀人案的动机（莱蒙德并没有在每年三月份都受到警方的监视），警局的那帮心理学家自然可以找出一堆动机来。

假使今年"镰刀罗密欧"选择不再犯案，而莱蒙德选择继续"保持沉默"，那么，根据我对他描述的"事实"，他将很有可能被当作本案的替罪羊而结案。这无论对于警方、媒体还是公众而言，都是很有"好处"的。

莱蒙德当然会想到（他恐怕想了无数次了）：作为直接当事人，加之事隔太久，他或许已经不能够很客观地评判在事情曝光之后，他所要承担的后果。在长年缄口保密的压力下，他就算认为自己会被立即关进毒气室里执行死刑（当然，本州实际上是不存在死刑的）也不足为奇。

即使莱蒙德就是凶手，此刻事实摆在眼前，当然已经避无可避——这自然是最省事的可能性了，不过，如果整个案子真就这么简单，我倒是感到有些失望。虽然我的右手已经做好了随时拔出佩枪的准备。

莱蒙德看着这些日记——旧恋人的字迹他再熟悉不过了。或许他从来就不知道有这些日记，但日记上写的东西都是当时在他们身上发生过的真实事情。他的手紧紧地攥着这几张彩纸，一遍一遍小声地读出来，仿佛整个人都回到了过去，正在以第三者的身份默默地观看在一个年轻花匠和一个富家千金之间发生的一幕幕故事……

当他再次看向我时，我从他的眼神中读出了一种如释重负般的坦然——我知道他已经做出了正确的决定。

我的心理战术似乎又一次成功了。如果我直接给他看这些日记并问他"当时发生了什么事"，他当然就知道我其实一无所知——心理战的实战奥秘，就在于如何用有限的筹码去发挥最大的效用（不只对眼前的莱蒙德，对特兰斯凯和葛蓓特小姐也同样如此）。

"那么，你想问些什么呢？"莱蒙德搓了搓手，看着我说道。

"嗯，请你将那天发生的事情尽量详细地复述一遍，我好确定一下和我们已知的有什么出入。"我拿出小记事本，准备开始记录。

"那天，我本来和伊丽泽约好晚上一起出去。"

"去参加化装舞会，对吗？"我装作漫不经心地打岔，这也是为了让他相信我们已经掌握了相当多的事实。让他始终不知道我们到底知道了多少，他也就不敢随便撒谎和隐瞒了。

"嗯，大概晚上八点，罗德先生检查过花园门之后，我又回到那扇门。你知道，就是你进来的那扇门，把门打开了。"

"这样，你们就可以悄悄地从花园溜出去，而不会被其他人发现。你们已经这样做过很多次了，对吗？"我补充道。

"没错……然后我就回到这个小屋。吃过一点东西之后，开始化装。"莱蒙德看了一眼窗外——娥蔻玩得正开心。

"我想要吓伊丽泽一跳，所以很早就开始准备了。我计划扮成一只仙人掌。换装、插刺、抹脸……你知道，那样的打扮可需要些时间。"

我点点头，示意他继续。

"将近九点半的时候，我装扮得差不多了。正准备往脸上涂油彩时，突然有人敲门。

"我当时很紧张——平常这时候，根本不可能有人来我的小屋。我和伊丽泽约好的是十点整见面，而且她来找我的时候都会敲敲窗子，那是我们的暗号……

"我赶紧将穿好的套装脱掉，塞到床下面。将油彩和其他一些化装用的道具用报纸随便遮掩了一下，就装成刚睡醒的样子去开门。"说到这里，莱蒙德顿了顿，似乎是在犹豫什么。

他看了看我，我却以若无其事的表情示意他继续说下去。实际上，我对此刻造访的究竟是谁也感到十分好奇。

"来的竟然是罗德先生。他一进门就坐下了，还拿出烟斗和烟丝，看样子似乎又打算训斥我了。"

"担心和那年二月的最后一天一样，对吗？"我又打岔了。

莱蒙德有些惊奇地看着我，他似乎有些不敢相信，我竟然连这样的细节也如此清楚。对此我只能说，伊丽泽日记里提供的有用东西实际上相当多。

"嗯,那是罗德先生的习惯。我当时很急,你知道的。不过,他只是坐在那里,自顾自地点上烟斗,什么话都没说,也不怎么看我。

"我可是急坏了,于是我就小心翼翼地问他,这么晚找我有什么事。

"他却没有回答我,只是反问了我一句:'你知道你哪儿做错了么,莱蒙德·法尔彤先生?'

"他一般都是直呼我'莱蒙德'的,因此在那时候,直觉告诉我,罗德先生肯定发现了什么很不好的事情——实际上,我也猜到他所指的就是我和伊丽泽的事,但是……人都是有侥幸心理的。我当时含糊地回答说大概是'经常忘记锁门'以及'工作漫不经心'之类的,企图蒙混过去。

"听到这里,罗德先生突然用力地拍了一下桌子。他显然对我的回答很不满意。更要命的是,我匆匆盖在油彩上的报纸竟然滑落了。那些东西被他看了个正着。

"还好,罗德先生似乎并不清楚这些东西究竟有什么用。不过,我当时就已经可以肯定,我们的事情一定被罗德先生知道了。警官先生,我当时真是慌乱得要命,几乎连怎么说话都忘记了。约会的事情,也早就不敢再去想了。

"之后,罗德先生说了很多话。我不知道他是怎么将事情挑明了的……我只是唯唯诺诺地听着,既没争辩,也没多嘴——我连话都不敢多说一句。反正,我记得他最后对我说的是:'莱蒙德·法尔彤先生,下月起你就不必再在这里工作了。余下的薪资我们稍后会和你结清的。'这句话是我唯一听完整的一句话,所以印象也特别深刻。

"罗德先生走的时候早就过十点了……但还不算太晚,我本来可以去通知伊丽泽一声，让她不用等我了。可当时我的心情实在是差透了，就早早地熄了灯，躺在床上想了很多事情，也不知什么时候，迷迷糊糊地睡着了——化装舞会的事，早被我抛到了九霄云外……"

莱蒙德的这段话，揭示了一个非常大的秘密。

"我的同事是什么时候找到你这里的？"

"大概是事情发生两天之后吧。两个人，只是随随便便地问了几个问题。我按照罗德先生之前交代的，很容易就应付了过去……"

"你和他达成了协议，对吗？"

"嗯，是他告诉我伊丽泽遇害的事情。当他问我'你该不会就是凶手吧'的时候，我几乎就要昏倒了。

"我当时还很年轻，你知道的……哪儿遇到过这样的事情啊，我哭着向罗德先生赌咒说不是我干的。我求他，用一切我能想到的恶毒话语责骂诅咒自己——自尊、希望、未来、爱情……在那个瞬间统统破灭了。没有人能理解我那时候的感受……"莱蒙德捂着嘴巴，泪水顺着脸颊滑了下来。

"罗德先生最后终于相信我不是凶手，但他要我发誓，不对任何人说起我和伊丽泽的事情。这当然也是为了我好。他为我想好了如何回答警察的提问，除此之外，他还要我马上张罗结婚，以免在这个问题上被人怀疑。

"但我知道，是我害死了伊丽泽……我，如果我当时去通知她一声，她根本就不会死——即使我再也见不到她……那样……那样也总比这样要好……"莱蒙德的泪水止不住地滴落下来。他努力控制住自己，不让自己哭出声来。

最后，他不得不用毛巾狠狠地抹了一把脸。情绪稍稍平稳些之后，他调整着呼吸，用异常坚定的口气告诉我："警官先生，我早就等着这么一天了……那么多年了，我却为了自己，连真相都不敢告诉任何人……我真的太自私了。警官先生，如果能抓到杀死伊丽泽的那个混蛋，无论让我做什么……我知道有些晚了，但……我都愿意。即使是拿走我的生命……让他们拿去吧！我受够了！我受够了！"

莱蒙德突然提高的声响让小娥蔻感到奇怪，她离开兔子们，走过来，费力地透过窗子往里望。

莱蒙德慌慌张张地用毛巾又擦了一把脸，然后冲着窗外的小娥蔻笑了笑——那笑容中充满父亲的亲切和慈祥，就像什么事情都没有发生一样。

我认定莱蒙德不是凶手——一个能够这样微笑的父亲一定不会是一个年年作案的杀人魔。我不知道这样的判断是否太过主观了，可能我真的不适合当一个警察吧。

有阳光透过窗户洒进这间小屋。一早晨灰蒙蒙的压抑，似乎在刹那间就消弭得无影无踪了……

第九节 矛 盾

"喏,当时被轧坏的德国报春,就是在这个位置。"

莱蒙德指了指靠近正门的花坛某处——如果面朝正门方向,那就是左侧花坛。大概是和别墅车库正对着的位置。

"花坛的护砖砌得不严实,也被那车撞偏了。你们警方拿走了两块砖去取证,我只好换上两块颜色相近的砖——就在这里,如果不是这两块砖,我没准儿都认不出具体位置了!"

我仔细看了看。那里确实有两块护砖的颜色比其他地方的稍深一些。我站在那个位置看别墅车库,车库在我的偏左方,出入车库的车道相当宽,通向正门的道路则更宽些。换句话说,有人竟能在将车开出车库时一直倒到左侧花坛的位置,若不是初学者,就一定有什么非常紧急的事情。

这里似乎存在着一个矛盾点。伊丽泽是当日凌晨前后在白天鹅桥上被杀害的,也就是说,当晚十点钟左右(实际上,这个时间恐怕不怎么准确,莱蒙德说过,罗德离开他的小屋时已经过了十点——或许是他们中的某人记错了时间。另外"十点左右"这个说法还真是宽泛,说十点十六分是"十点左右"似乎也没什么不妥),伊丽泽还没有被害。假使凶手真是卡罗莉娜和她的情夫,而他们早就计划好了要杀害伊丽泽,那么似乎没有理由这么慌张，需要用这种几乎是和生命开玩笑般的速度倒车，然后逃一般地离开这栋别墅。

那么不妨假设，他们是在做"某件事"的时候意外碰到了伊丽泽，以至于要杀伊丽泽灭口——但是，这里又存在其他矛盾点。

首先是案发现场。假设我是凶手，当伊丽泽意外闯入我的计划的时候，我为什么不当场杀死她，然后再从这里消失；却选择颇费周折地将伊丽泽劫持到白天鹅桥，再用如此残忍的手段杀害她呢？理由可以归结为做出这一决定的不易，这当然是以凶手和伊丽泽关系匪浅为前提的。可惜，若将这个前提作用于之后的七个案子，我们很容易就可以推出一个事实：

凶手要么是卡罗莉娜，要么是莱蒙德。

因为其他和伊丽泽相关的人在相应的日子里都被警方严密监视着，拥有完美的不在场证明（当然，被监视着的嫌疑人用什么奇妙的方法蒙蔽了警方，这种可能性也是存在的。只不过我不太愿意接受这类可能性而已。因为这样一来，这案子可就没完没了了，凶手肯定也不愿意这样）。

在白天鹅桥杀害伊丽泽的其他理由，在目前仍缺少线索的情况下我是想不出来了。凭空臆测倒是有不少，此刻看来却都没有什么实际意义。

"某件事"？这件事究竟严重到什么程度，以至于必须杀死伊丽泽呢？卡罗莉娜和某个情夫偷情一事显然没有达到这个程度。女主人行为不检点，这几乎众人皆知，即使被伊丽泽发现也没什么要紧的。而如果他们计划杀人，最可能的实施对象吕根曼先生那时又刚好不在别墅里。那他们又是要杀谁呢？葛蓓特小姐、罗德先生、特兰斯凯、普法夫甚至巴尔特先生吗？事实上，以上提到的几个可能对象，现在都还活得好好的。

这是个找不出动机来的矛盾。

不过，会不会是和上面的某一个人达成了某种协议呢？而罗德先生和莱蒙德所达成的协议，只是这个计中计的一小部分？没准儿现在"查无此人"的普法夫是凶手？但他在一九八五年是以正当理由搬走的……又或者罗德先生在看到有车驶出别墅的时间上说了谎，而他是凶手的同谋？不对！卷宗里也有当天轮班守卫的证词，他也证明是在差不多的时间给那辆车放行的——或许他们都对警方说了谎？

看来，我还得问问当天的轮班警卫……

"文泽尔警官，这么早就开始调查了吗？今天可是周日呢……"

管家罗德的声音打断了我的思考。他看着莱蒙德，莱蒙德显得有些紧张。我得赶紧将罗德先生的注意力转移过来，否则，精明的管家先生一定会发觉莱蒙德的异常，进而很容易地联想到他对我说了"不该说的话"。

"哦，我想看看当时被轧坏的德国报春花究竟在哪个位置——嗯……花匠先生，你是叫莱蒙德，对吗？很谢谢你的帮助，我大致上已经知道是怎么一回事儿了。毕竟这么多年过去了，记不太清楚也算是人之常情，没什么的——我还该为一早就打扰了你的休息表示抱歉呢！"

莱蒙德支吾着，罗德将视线移回到我的身上。

我敢说，在我离开别墅之后（事实上，我最迟明早就得离开这里。我没有向局里的任何人告假，而"非法调查"显然不是一个好的旷工理由），无论罗德先生有没有察觉到花匠先生刚刚的举止异常，他也一定会去找莱蒙德的。他可是一个相当谨慎的人,哪怕只是一点点小疏漏,他也不会轻易放过的(小备忘录的事情给我留下的印象可是相当深刻)。

"罗德先生,我还有个问题想问你。"

"嗯,请问吧,警官先生。"

"案发当天,别墅大门那儿的轮班守卫是哪位,你还记得吗?"

"我想想,那天是周六——晚上值班的该是巴尔特和诺福克……诺福克已经退休了,巴尔特就是昨天引您进入别墅的那位。巴尔特·卡莱尔,您应该还记得吧?"

我点点头。

"他现在在哪儿?我有些问题想问问他。"

"现在应该是在别墅守卫的寝室里吧……您可以先回会客室等等,我一会儿就叫他过去。"

"不了……我今天恐怕还有很多事情要忙。你知道的,整理昨天得到的一大堆证词就需要点时间。我也想快点结束这里的工作,回家好好休息一会儿。嗯……你能现在就带我过去吗,罗德先生?"我不想给这位狡猾的管家任何可能预先给巴尔特先生某些"嘱咐"的机会。

"如您所愿,警官先生,请您跟我走。"

"十点多吧,准确点说,是将近十点一刻的时候。"

别墅守卫和杂务人员的寝室并不和别墅相邻,而是建在靠近大门的一处偏僻位置。除了别墅的管家和几个高级用人(比如葛蓓特小姐和普法夫)之外,包括职务为别墅安全事务队长的特兰斯凯,也都只是住在这里稍大些的单间里。而花匠莱蒙德拥有自己的小屋,多半只是为了方便他料理花草。看来,在霍费尔家族里，等级制度之森严，和霍费尔爵士时代相比并没有太大的差别。

"他们按了两下喇叭，诺福克就开了门。他大概认出那是女主人的车。她晚上也时常出去，因此我们并没有太在意。"

"你们看清车里当时坐了几个人了吗？你刚刚说'他们'，是因为看到车上坐了两个人以上吗？"

"呃，当时是诺福克开的门闸，我好像坐在后面看报纸之类的，没怎么留意。不过，几年前有警官找过诺福克，他说没有注意到……"

"你还记得，或者诺福克是否提到过，当时有什么和平常不一样的地方呢？"

"不一样的地方……好像没有。车开得很快，罗德先生也看到了。女主人平常没开过那么快。"

也就是说，如果没有事先串通的话，罗德先生在看到有车驶出别墅车库的时间上并没有说谎。从莱蒙德的小屋回到他在别墅一楼的房间，即使不走庭院处的花园门，而是从正门那边绕过来，走得稍快点的话，最多也只需要五分钟。假设他是十点过五分的时候离开莱蒙德的小屋的，那么，他在十点十分的时候回到自己的房间，并看到车库中有车很快地倒出来，说是"十点左右"，也确实没有什么不妥的地方。何况，他和莱蒙德之间的协议并没有告诉过警方，因此，他没必要强调自己是刚进房间之后就看到了倒车——那样反而招人怀疑。他刻意说出一个比较模糊的时间点，丝毫不会和巴尔特和诺福克的证词相冲突，还可以保证自己和莱蒙德之间的事情不被人注意到。他想得确实相当周密。

"那么，'按两下喇叭'是不是别墅中的人才知道的出门信号？"

"这，我也不是太清楚。反正，自从我在这里工作起，别墅里的人要开车出去，过门闸的时候一般都是按两下喇叭。"

就算不是别墅中的人，平常人开车遇到闸口，通常也会按几下喇叭吧。但是，凶手的车上有被劫持的伊丽泽，一般来说不会和平常一样镇静才是。如果是外来人作案（这个微小的可能性几乎可以排除了），八成会直接闯过闸口，而不太可能停下车来，给大门守卫看到面容的机会。

"你是否还记得，当时车内灯是否开着呢？"

"哈——年轻人，那时候如果开着车内灯，谁还会看不见车里有谁呢？"

是啊！如果开着车内灯，是不可能看不见车里有谁的[①]。这么说来，我之前的一项推理有些小错误。凶手用很快的速度倒车，并不是害怕罗德先生看见自己的脸，而是预先定好的计划被打乱了。他（们）得将浪费了的时间补上！

我回想着当时的情景。凶手正在做某件事的时候伊丽泽突然出现，打乱了他（们）原定的计划。他（们）只好急急忙忙地将伊丽泽绑架，放在后备厢里或者车后座上，然后用最快的速度倒车，甚至轧坏了另一侧花坛里的德国报春……

……

我的天，文泽尔，你实在是太愚蠢了！这么明显的线索摆在那里，你怎么能够视而不见！那简直就是常识！

我实在是为我的反应迟钝感到羞愧。以这个简单的事实为前提，三月十七日那天在别墅中发生的一切开始在我的脑海中逐渐浮现。虽然某些环节仍然缺失，但凶手的动机、作案过程、行凶

[①]一九八四年的时候，单面反光的车窗，即车内看得见车外，在车外却看不见车里的玻璃还不普及。

时使用的方法，一下子全都呈现在我的眼前了。基本上，此刻我已经可以解释那晚在别墅中发生的所有事情。可惜的是，这样的推理依旧无法解决一个最主要的矛盾：凶手究竟使用了什么方法，才能取得这样的效果？

"哦，谢谢你，巴尔特先生……我要问的就是这些了，你可真是帮了我的大忙！"

"哪里，我也没说什么重要的东西，警官先生，你真客气。"巴尔特先生摸了摸光光的头顶，似乎有些不好意思。

我离开了巴尔特的房间，管家罗德正等在外面。

"这么快就问完了啊，警官先生。接下来您想问问谁？"他略带嘲讽地问我。

"哦，差不多也没什么好问的了，罗德先生，我想我准备告辞了。"

"您最终还是找不到凶手，是吗？经验都告诉我们了，警官先生，'在枯树上找果子是非常不现实的'，您不觉得吗？"

看来他低估我了——这倒是正合我意。

"嗯，真是什么有价值的线索都没有。虽然我做了不少记录，但恐怕也整理不出什么新东西来。罗德先生，我该为刚来时的鲁莽致歉！还好现在并不算太迟。"我向面前的管家先生略微欠了欠身。

"别这么说，警官先生，别这么说……"罗德客气地笑着。

我恨不得马上就离他远远的，但是我还有些事情想要问他。

"对了，罗德先生，你能告诉我吕根曼先生当时的秘书，莱奥诺蕾·米塔格小姐的联系方式吗？稍后几天我可能会去拜访她……不过，可能也不会有什么好的结果，顶多也只是例行公事而已。"我叹了口气，做出一副很沮丧的样子来。

"这个简单,我待会儿就把她的地址和电话交给今天的轮班守卫。您出去的时候直接找他们要就行了。我今天还有些事,不能专程送您出去了,还请您原谅……"管家罗德也对我欠了欠身。

我回到客房,整理好东西之后就离开了别墅,甚至都没特地通知吕根曼先生或是葛蓓特小姐一声。罗德先生或许会说我是"不辞而别",他怎么说也无所谓了。

我特地绕了一条相当远的路离开别墅——实际上,我走的是当时凶手走过的路。我得说,即使凶手想今晚再来一次,也没有任何问题。

在法夫尼尔街的公交车站,我搭上了回程的八二一路专线车。

最大的谜团依旧没有解决,虽然已经知道了不少事,可今晚的报告我还是不知道应该怎样写,不过,赶在十九号之前的那个礼拜交上去应该没什么问题。

也不知基尔副部长昨天是否真来巡过班,奥鲁如果碰巧也不在的话……唉,不知道明天去警局的时候会有什么在等着我。

这个案子还没了结,我可不想他们现在就辞掉我。总局的奖金,半年的房租,《纯粹理性批判》……啊……我什么都不愿再想了,只希望能快点回家,再好好地睡它一觉!

毕竟,今天是难得的星期天。

第三章 折返

第一节 秘 书

"莱奥诺蕾小姐已经不在这里住了。"

"什么……哦,那您能否将她现在的电话号码告诉我?"

"您有什么紧急的事情找她吗?"

"嗯……银行里的一些旧账目需要找她核查一下,否则就赶不上本周三在总行进行的年审会了。"

我随便编了一个看上去相当"紧急"的理由。根据前几次的经验,暴露警察身份以及"询问与伊丽泽案的相关事宜"这两点一般都会令事情复杂化。反正听筒那边的女士也看不到我的警章,我只是想和莱奥诺蕾取得联系而已。

一九九二年三月二日午休时间,十一局库拉索(Curacao)咖啡店外的电话亭。

"这么说,你是那个老东西手下的人了,对吗?"

"什么?"

嘟……嘟……嘟……嘟……对方挂断了电话。

事情显然复杂化了,看来这次我又找错了理由。

我又塞了几个硬币进去,按下了重拨键。

"您好!这里是墨洛温街十九号克鲁赛罗(Cruzeiro)干洗店,有什么事情可以为您效劳吗?"还是刚才那个年轻女孩的声音。

"咳，我是市十一警局的文泽尔探员，请问是莱奥诺蕾·米塔格小姐吗？"为了避免再次被对方强行挂断，我不得不换上一副低沉沙哑的中年人嗓音（我似乎该为此而感到羞耻，竟必须以一种如此讽刺的方式表明自己的真实身份）。

"哦，我不是，她已经搬到梅尔市去了，你要找她的话，我这里有电话……"

在话筒那边的小姐找电话号码的当儿，我又投了两个硬币进去——本市的投币电话收费确实高昂。我刚刚记下那冗长的数字串，这部巨大电话机的某处就开始响起如蜂鸣般的表示"余额不足"的报警声了。

我只好掏空口袋，将打算待会儿买万宝路的两枚大额硬币也贡献了出来——这些大概可以维持三分钟。不过，稍后给莱奥诺蕾小姐打电话就只好找老吉姆借电话机了。在尚未提交正式报告之前，我并不想让太多人知道我在跟进"镰刀罗密欧"的案子。

"刚刚那是什么声音？"电话那端也听到这边的奇怪响动了。

"哦，是警车发动的声音。你见过本市的那些老爷警车吧……对了，你知道莱奥诺蕾小姐为什么要搬家吗？"

本市的老爷警车自然不会发出蜂鸣声和响亮的投币声。胡乱搪塞一番后，我选择用提问来转移话题。

"这个，你还是直接问她吧。"

"你不知道？"

"也不是……反正，即使你是警察，我也有保持沉默的权利吧？况且我又看不到你的警章……万一你是哪儿的记者呢？也不是没有这样的事情。如果我说错了话，莱奥诺蕾姑姑该怪我了……"

"这么说,你是莱奥诺蕾小姐的侄女?"

嘟……嘟……嘟……嘟……大概是觉察到自己说漏了嘴,对方再次挂断了电话。

这是否意味着我该去克鲁赛罗干洗店一趟?

算了,还是先给梅尔市的莱奥诺蕾小姐打个电话再说。就算下午要差不多横跨整个自由意志市去遥远的墨洛温街,也必须先向德洛勒(Drohne)副部长告假才行——谁让基尔副部长感冒了呢?让德洛勒副部长批下假单,简直比从工蜂的手中抢走蜂蜜还要难!①

"呵,埃蕾米(Elemi)就是那样……我怎么会怪她呢!"

这天晚些时候,在十一局档案室里。

老吉姆很乐意将电话机借给我,拿着咖啡杯去参加局里新一轮的闲聊了。我拨通了莱奥诺蕾小姐的电话,大概说明了我的身份和意图,并将刚刚打给克鲁赛罗干洗店后发生的事也告诉了她。

"我向吕根曼先生提出了辞职,姐姐和埃蕾米却都以为我是被银行解雇了。之前也有些小报登出了些不好的传闻,她们那样想我也没办法。"电话那端的莱奥诺蕾笑着说。

警局里的资料并不详细,甚至都没有提到莱奥诺蕾小姐辞职的事情。

"那是哪一年的事情呢?"

"辞职吗?有几年了。大概是一九八六年初。之后你们也找过我几次,都是关于这个案子的……"

"辞职的原因?"

---

① 德洛勒一词在德文中有"雄蜂"的意思,故用此比。

"想换个心情而已。我当时已经在霍费尔财团工作了七年,给吕根曼先生当了整整五年的秘书。你知道,常伴在那样身份的有钱人身边,又是秘书这样敏感的职业,难免招来些什么误解。伊丽泽小姐出事之后,卡罗莉娜跟着失踪,有不少小报将我这个局外人也划进了嫌疑人的范畴,我可受不了那样。"

"搬家的原因也一样吗?"

"哦不,搬家主要是为了我的工作……大概也算是有一部分的原因吧。反正,我在梅尔市一家不大的公司里谋得了一份不错的职位,薪资当然没有原来的高,但比原来少了很多压力。至于房子,那本来就是我母亲留下来的。在霍费尔财团工作的时候,因为那里离我家实在太远,而且我不常在那里住,仅仅在周末和假日去做做清洁。而且我姐姐早就打算在靠近机场的地方开一家干洗店,因此,理所当然的——"

"嗯,我想问你一些关于八年前那起案子的事情,可以吗?"

"当然,如果我还想得起来的话。"

"好的,嗯,一九八四年三月十七日,依照吕根曼先生所说,他在当晚诺蒂吕斯财团举行的酒会上喝醉了,是你将他送回房间的。"

"没错,和一个酒店服务员一起。"

"具体是几点钟?"

"大概六点钟吧。"

"这么说,酒会很早就开始了?"

"下午三点钟,布朗·诺蒂吕斯先生致辞之后就开始了。"

"酒会上的吕根曼先生是否有和平常不太一样的地方?"

"和每年举行这个酒会时差不多,没什么不一样的地方。"

"他那一年有没有醉得特别早?"

"我不知道,但那年他确实醉得挺厉害的——我们扶他进电梯的时候他满身都是酒味。"

"扶他进房间之后呢?"

"由于还有一些应酬方面的事情,我又回到了酒会。即使吕根曼先生不在场,我也必须向几位与银行有密切关系的客户委婉地表明霍费尔财团下半年的投资意向。"

"根据我们收集的资料,吕根曼先生曾说酒会是在诺蒂吕斯家举行的。"

"嗯,警官先生,布朗先生的家就是梅尔市皮克尔(Pickel)大酒店的总统套房。那家酒店当时属于诺蒂吕斯家族。酒会就在那里举行,我们当时也都住在那里。"莱奥诺蕾小姐似乎对我的孤陋寡闻感到有些吃惊。

"那么,你是几点钟回到自己房间的?"我并不想就上一个问题为我的无知辩解什么。

"大概十点钟的时候,不过,我当时比较担心吕根曼先生,你知道的,他喝醉了。就这样把他丢在房间里,也不知道会出什么样的事情。"

"所以你先去了他的房间?"

"没错。他真是醉得一塌糊涂!我们怎么样将他抬到床上的,他就还是怎么样地在那儿躺着。我怕他感冒了,就将一旁的毯子展开,给他盖上。然后我拉上窗帘,关上一直开着的床头灯,之后才悄悄地离开了他的房间……"

"你们抬吕根曼先生进房间的时候,床头灯是开着的吗?"

"我想是吧,当时没怎么在意。"

六点钟的时候天还很亮,床头灯的灯光又比较暗。即使当时灯并没有开,莱奥诺蕾小姐估计也不会留意到。

"酒会的时候,你是怎么发现吕根曼先生已经醉得很厉害了呢?"

"哦,那个,我当时并没有和他在一起。我记得,当时我正和梅尔市商会集团的几个委员谈下半年世界石油价格浮动的问题。那个服务员急急忙忙地找到我,说吕根曼先生喝醉了,问我要不要将他抬回房间去。我想也没想就和他来到了休息间——吕根曼先生就倒在那里的靠椅上,满嘴酒气,还咕咕哝哝地不知道在说着什么醉话!要知道,他那副样子对集团的影响可不好。于是我就和那个服务员一道,用休息间旁的备用电梯将他弄回了房间……"

"梅尔市的警察在案发后让你指认过那个服务员吗?"

"没有,听说饭店召集了所有当天轮班的服务员,一下子就将那个服务员找出来了。那个人所说的和我的证词吻合,因此就没再让我去指认。"

"酒会是几点钟结束的?"

"大概九点半钟的样子……"

"这么说你并没有提前离开?"

"嗯,由于吕根曼先生的临时缺席,需要应酬的对象增加了不少。我记得,似乎最后还是没来得及和维狄仁特(Vidirent)集团以及俄宜策里特(Eucerit)化妆品进出口公司的代表们谈关于贷款的事情。我还打算隔天再去单独拜访——这些都写进了我的备忘录里。"

"皮克尔大酒店是不是离市区挺远的?"

"你怎么会提这么奇怪的问题?不过那里倒确实很偏僻……也不能说是偏僻,三月份不是什么旅游旺季,所以没什么人去。"

"这么说,皮克尔大酒店建在梅尔市的某处景点附近?"

"那条有名的'鲁芬(Luven)湍流',警官先生,你一定也听说过。"

"嗯,本州的著名旅游地呢。"

"酒店就建在那条溪流的上滩,六月份开始,甚至连停车的位置都很难找到。"

"不过,据我所知,那里似乎公共交通很不便利。"

"没错,我们这里也只在五月到八月间才加设与梅尔市机场和总火车站相连的专线旅游公车。其余时候,如果自己没车的话,就只能依靠出租车了。"

"换句话说,其余时候,那里几乎就是诺蒂吕斯家族的专属领地。"

"可以这么说,就连我们到酒店也是布朗先生用专车接送的。"

"你们当时不是开车去的梅尔市?"

"他们的专车直接开到自由意志市的总行大楼,这也是历年来的传统。"

"嗯,莱奥诺蕾小姐,最后一个问题,你们将吕根曼先生抬到床上的时候他是面朝上躺着的,对吗?"

"嗯,应该是吧。"

没错,谁会将一个醉酒的人面朝下放在床上呢?——并且还是在有人帮忙的情况下。

"那么,你当时为什么没有马上给他盖上毯子呢?"

"这个……我也记不太清楚,可能我觉得他睡一会儿就会醒吧。"

"好的,莱奥诺蕾小姐,我的问题就是这些了。如果在调查中出现了新的问题,我会再给你打电话的。另外,如果你想起些什么，希望你及时同我们联系。好了，莱奥诺蕾小姐，谢谢你对警方工作的协助。"

"哦，如果再打电话来，最好晚上吧。今天我刚好休息，不过下次可能就不会这么好运了，警官先生。"莱奥诺蕾小姐笑着挂断了电话。

我却笑不出来。不过至少现在我已经可以将一九八四年三月十七日别墅中发生的一切串联完整了。

不知您是否注意到我向莱奥诺蕾所提的那些问题呢？——是的，我所问的这些问题，显然都是以"吕根曼先生就是凶手"为前提来发问的。

实际上，我早该得出这个结论的。无论如何，先前我已经为我的反应迟钝道过歉了。也许当巴尔特先生带我进别墅的时候我就该留意到的——这大概恰好可以证明，我并不是一块成为优秀警探的材料。

是的，当莱蒙德向我展示那换过的花坛护砖的时候，我曾经从那个位置看了一眼别墅的车库。一九八四年三月十七日晚上十点左右，卡罗莉娜女士常开的那辆车就是从那里驶出的。那辆车撞坏了一侧的花坛，而从撞坏了的地方看车库，车库正好在偏左的位置！

偏左的位置。我们不妨想想看，当驾车者以那么快的速度倒车时，会向哪个方向转方向盘呢？

哈，理所当然是向左的——开车的时候如果向左打方向盘，倒是会撞到右边的什么；但如果打着 R 挡，一切就都该反过来了。

好的，让我们想想那时候的情景。凶手的计划被突然出现的伊丽泽打乱（处理这事可花费了不少时间），因此当他坐上卡罗莉娜女士常开的那辆车的时候，跟预先计划好的时间已经相差太多了。他想将浪费掉的时间补上，便将汽车的油门踩到了底，用发疯般的速度倒车。这时候，他是否还记得去掩饰"自己是左撇子"这个事实呢？

这一通对本案来说至关重要的小小推理，完全得益于别墅正门进来的车行道与失踪的那辆轿车宽度相当。如果霍费尔家的先辈们在建造这栋别墅的时候为了炫耀而将宽度加宽一倍的话，就不会得到这样显而易见的结果了（一九八四年三月十八日进行现场勘查的前辈们似乎并没有在卷宗里留下轮胎痕迹的记录，我真不明白他们在那两块护砖上到底找到了些什么）。[①]

别墅中已知的左撇子只有吕根曼先生一人。在假设他是凶手的前提下，也可以很容易地得知我之前一直提及的那个所谓"最大的矛盾"是什么了。

截至第三十八届艺术节游行案，吕根曼先生一直拥有完美的不在场证明。

现在我依旧无法解决这个矛盾，不过我们也可以暂且不去管它。单就伊丽泽的案子而言，结合刚刚莱奥诺蕾小姐提供的新线索，我们很容易就可以推测出那天所发生的事情：

早就计划要杀死自己不忠的妻子的吕根曼先生，三月十七日晚六点钟左右的时候并没有在布朗先生的酒会上喝醉。他很可能只是用三十六度的威士忌漱了漱口，再将昂贵的酒泼洒在脸上和头发上，然后在干手机下用热风吹，这样很容易就可以营造出醉酒的效果。

[①] 从轮胎痕迹来判断驾车者的驾驶习惯这点并不是文泽尔独创的，而是刑侦人员经常会用到的常识性技巧。我曾在一些真实案件的记录中看到过比这里所描述的还要复杂得多的情况。警方甚至可以根据轮胎痕迹来判断驾车者的身高和性别，根据曲度来计算驾车者的手臂长度和方向盘所受到的应力就可以办到。因此，这里的情况是根据小说创作的需要而简化过的。

这些当然是在洗手间里悄悄完成的，但可能不是在举办酒会的那层，那里人多眼杂。我想，吕根曼先生大概预先就找好了一个这样的地方，可能实际上并不是洗手间。他早有计划，找个不会被人看见的地方当然没什么困难。

接着，那个可疑的服务员应该是他预先收买的同伙——莱奥诺蕾小姐所说的话就暴露了这点，"那个侍应生急急忙忙地找到我……"

这个服务员先前就见过莱奥诺蕾小姐吗？即使见过，他又怎么知道她是霍费尔财团的秘书呢？而且，他能那么快就在准确的地点"急急忙忙地"找到莱奥诺蕾小姐，简直可以称得上是"奇迹"了。

梅尔市的同僚或者本局的前辈探长们大概也留意过这个问题，但这并未成为留在卷宗上的疑点，理由可以有很多。比方说吕根曼先生可以说他当时意识模糊，就让那个服务员到酒会的南厅，梅尔市商会集团所占据的位置去找一个穿着黑色晚礼服、金色长发，名字是莱奥诺蕾·米塔格的小姐。而正如预先串通好的，那位服务员也做证说，一位喝得酩酊大醉、自称是来自自由意志市霍费尔财团的吕根曼先生，在被他费力地搀扶到休息间的靠椅上之后突然清醒了片刻，还让他到酒会的南厅找这位小姐——这样一来，这个疑点就很精彩地被他们不露痕迹地解决掉了。

这当然只是我随便举的例子，事实上，我并不知道皮克尔大酒店是否有"南厅"这个说法。莱奥诺蕾小姐当日的衣服和发色我也一概不知。

接着，两个人将吕根曼先生送回他自己的房间——莱奥诺蕾小姐当然不会陪在那里，她还有其他的事情要做，这也是预先就安排好了的。

然后就是一个之前提到过的问题。

六点钟的时候，吕根曼先生房间内的床头灯是开着的吗？

莱奥诺蕾小姐的回答是"没怎么在意"，实际上，那时候床头灯究竟开没开并不重要，重要的是，当晚十点钟左右，莱奥诺蕾小姐再次来到吕根曼先生房间的时候；以及稍晚些时候，那位被"莫名其妙"的客房服务按铃召到同一房间的服务员进入的时候，那盏昏暗的床头灯必须是开着的——只有这样，进入者才不会马上去打开明亮的房间大灯。

想到什么了吗，我的朋友？

是的，晚上十点钟时莱奥诺蕾小姐看到的吕根曼先生，以及凌晨一点时服务员所看到的吕根曼先生，实际上是由其他人假扮的！床头灯必须开着的理由，是为了降低来人打开房间大灯，从而识破扮装人的可能性。

这里就存在另一个疑点了。

莱奥诺蕾小姐究竟是不是吕根曼先生的另一个同谋呢？在一九八四年三月十七日晚十点，她步入吕根曼房间的时候，是否已经得知了（不管是从哪种渠道，刻意、偶然甚至被迫）她老板的计划呢？

我认为，即便假设莱奥诺蕾小姐对整个计划全然不知，当她再次进入吕根曼先生的房间，看到床上的人以和四小时前相同的姿势面朝上平躺着——那样当然不可能看不到脸——她还给他盖上了毯子！如果这样都没有发现床上的人不是自己至少五年里日日面对的老板，似乎有些太过蹊跷了。

当然，也有可能那人的化装技法十分高明，又或者床头灯的灯光实在很昏暗，也或者莱奥诺蕾小姐一直认为"醉酒之后的人和平常看起来不太一样"，更有可能她根本就没在意——这些都算是说得过去的理由，但我仍要将这个细节标记为"疑点"。

还好，这些疑点并不太影响整个案件的进程。我们还是可以将时间拨回到那天晚上的七点十五分——吕根曼先生刚从出租车上下来不久，正忙着用现金在那台不太好操作的自动售票机上购买下一趟开往自由意志市的"城际特快"车票。

梅尔市作为本州自动售票系统的试点城市，早在一九七八年就普及了当时号称全球最先进的无人自动售票机。最初的型号我曾在电视上看到过，说是"古董"也毫不为过。不仅输入站名的过程异常烦琐（从一张印得密密麻麻的站名对应表中找到目的地站相对应的数字编号），出票时间还要长达十分半钟——即使是新手售票员也要比这快上不少。显然，吕根曼先生选择它的唯一理由，是因为它只认识现金，即使买票人是一只狗也无所谓（这也算是自动化带给我们的好处之一）。

我们那懒散的国家铁路公司，成立至今四十多年，下班时间一直是下午六点。即使是如自由意志市总火车站这样的大站，也仅留下两个人在售票处值班。临时买票的人，加上是经常上电视的熟悉面孔，难免不会被人注意到——这些，吕根曼先生在计划的时候必定会加以考虑。

当然，这也只是一种以我的角度来看比较合理的假设。作为霍费尔财团的老板，他完全可以事先花钱雇人去帮他买票，而他只需要按时到梅尔市的车站取票就可以了。

好的，我知道你们在咕哝些什么——你们恐怕在想，既然那家伙那么有钱，为什么不干脆雇一个人下手，干吗非要自己亲力亲为？冒着那么大的风险，还意外地赔上了自己女儿的性命。这个看似精心设计的计划，让人觉得有些多此一举。

我也找不到一个很好的理由来解答这个问题。不过，我似乎可以在某种程度上理解吕根曼先生选择这样做的心情。一个处在社会地位和财富顶端的男人，却娶了一个情夫多到数不清的妻子，甚至严重到招来议论的程度……我们不妨联想一下那些世袭的贵族家庭里自中世纪就延续下来的光荣的骑士精神。如果这种事情发生在一八八四年，尊贵的霍费尔爵士的妻子背叛了他，他是会选择"卑劣地"雇用一个暗杀者呢，还是会直接用手枪结束掉那可怜的不忠妇人的性命？

没错，凡尔纳的时代已经过去一百年了，在皇族特权已经大大削弱的今天，贵族的后裔们如果还想亲手处死不忠的妻子，就得好好计划一番才行。

是啊，是啊，我说过，这只是一种假设。可能吕根曼先生仅仅是不想让太多人知情，或是他怎么也找不到一个让他放心的杀手，从而被迫选择自己动手。但除非由他本人亲口承认，否则虽然看起来合理，也只是有可能而已。

好了，我们还是回到吕根曼先生的计划上来吧——七点三十二分的车，如果没有晚点，不到九点钟就可以到达自由意志市总火车站了。这也和我梅尔市的同僚们所确定的从梅尔市到自由意志市的最短时间相一致（为此，我今早还特地去了一趟总火车站）。

之后，吕根曼先生有很多方法回到自己的别墅。如果要我选，我还是会选择最不引人注意的方法——搭乘九点零五分的U27地铁前往农民起义纪念碑站，然后转乘每小时发四趟车的八二三路专线（比我从阿迦门农广场搭乘的八二一路要少上整整两站路），十分多钟就可以到达法夫尼尔街。①

---

①欧洲很多国家的公共汽车，上车的时候（除非是起始站）是不用特地向司机出示票证的。虽然德国的规定是晚上九点之后必须向司机出示，但在执行上远没有那么严格。因此，只要吕根曼先生在坐车的时候小心一点，是不会被公交车司机注意到的。这点和国内的情况略有不同，所以在这里特别说明。

地铁上的时间是二十二分钟,加上换乘的时间以及步行到别墅的时间,吕根曼先生绝对能在十点钟之前来到他以某个情夫的身份和卡罗莉娜约好的地方——他应该会故意让卡罗莉娜先到,所以,我们不妨假设他们约好的时间是晚上九点四十五分。

这是个相当不错的时间,当卡罗莉娜发现等来的不是某位情夫,而是自己的丈夫的时候,她怕是吓到连怎么走路都忘记了。在一片黑暗的花园里,卡罗莉娜大概是当场毙命的,血液渗进土壤之中。但若有人赶在第二天天亮之前处理一下的话,就不会被人发现了。

凶器方面,吕根曼先生的收藏给了我足够的暗示。一把合适的武士刀绝对是不错的选择(不自觉地,我又想起那把似乎带着某种魔力的古刀来),如果杀死卡罗莉娜和杀死伊丽泽的是同一件凶器,那么,我得说,一把武士刀甚至是必需的。

是的,汉斯探长和我都推断凶手不是一个左撇子,这当然是在默认凶器为镰刀或者其他大型冷兵器的情况下。而如果凶器是一把刃长不到一米的锋利打刀的话,左撇子只要在握法上稍作改变,想做出一个惯用右手者的刀口来一点也不困难。

而这一切都被和莱蒙德约好十点见面的伊丽泽碰巧看见了。我并不知道伊丽泽是否到得更早,所以我也无法确定伊丽泽究竟是被哪一个场景吓晕过去的。可能是吕根曼举刀劈下的时候,也可能是卡罗莉娜的尸体被装进一个巨大的厚塑料袋的时候——伊丽泽的尸检报告表示,除了致命的那一刀之外,她并没有受其他的伤。因此,她至少没有被父亲用刀柄打晕。

无论如何,伊丽泽昏倒后,吕根曼先生已经没有其他的选择了。从花园那儿绕过别墅后方,将两个人都弄到车库去可不是件容易事!吕根曼先生因此耗去了比原先计划更多的时间。大概是将死去的卡罗莉娜塞进后备厢,将晕倒的伊丽泽放在车后座上,并用什么(可能是备用的塑料袋)遮盖上之后,他急急忙忙地用预先配好的卡罗莉娜的车钥匙(原配的钥匙大概已经被事后销毁了。可以肯定的是,他没有直接拿走原配钥匙。否则,如果卡罗莉娜偶然向别人提到自己轿车的钥匙不见了,事后就有可能会被人怀疑)发动了轿车,匆匆离开了别墅。

现在,请大家注意以下三点:

第一,花匠莱蒙德做证说案发当晚九点半的时候,管家罗德突然来到他的小屋,一直待到十点多些才离开。

第二,管家罗德做证说,案发当晚十点左右(根据上一点,更准确的时间应该是在十点十分以后),他看到有一辆车在他房间的窗外快速倒车。

第三,当晚的大门守卫巴尔特做证说,将近十点一刻的时候,这辆车离开了别墅。

在得不到更多的相关证据之前,我们权且相信这三个人的证词都是真的。好的,结合这些事实,我们不妨再提出几个新假设,看看能得到怎样的结果。

假设管家罗德当晚并没有去拜访花匠先生,那么,莱蒙德在化好仙人掌装之后,一定会按时来到之前和伊丽泽约好的地点,看到在那里发生的恐怖情景——卡罗莉娜女士死了,伊丽泽晕了过去,吕根曼先生正打算将她们抬到车库去。

莱蒙德可能做出的反应有很多,比方勇敢地和主人搏斗一番;或者翻越不远处那低矮的木栅栏(这当然也是他和伊丽泽偷偷约会时最经常选择的悄悄溜出别墅的方式。卡罗莉娜和她的某几个情夫也可能尝试过用这个方法。所以,当吕根曼先生约她到这个地点时,她才会毫不怀疑),转过那条无人的小巷来到昂尼斯（Onnes）街，大喊着"救命"直到被某个值班片警拦下来；也可以从另一侧跑出花园，向别墅的守卫求助……

不管花匠先生做了什么选择——除非他当场成为刀下亡魂，在这种假设之下，吕根曼先生的计划十之八九已经可以算是失败了。

我们还可以假设当晚并没有什么化装舞会。而恰好在将近十点钟的时候，花匠突然想起下午忘记给花园某处的琼花打药了。于是，他带上喷药罐离开了小屋，偶然经过吕根曼先生和卡罗莉娜女士约好的地点，看到在那里发生的恐怖情景……

或者下午并没有忘记给琼花打药，将近十点钟的时候，花匠百无聊赖地在小屋中坐着，突然听到花园中的某处传来了女人的尖叫声。他犹豫片刻，提上灯循声前往，来到吕根曼先生和卡罗莉娜女士约好的地点，看到在那里发生的恐怖情景……

明白什么了吗，我的朋友？

我之前也已经说过，花匠莱蒙德的证词揭示了一个非常大的秘密。事实上，看过上面的那些假设，事情已经再明白不过了。

管家罗德在那天晚上前往花匠的小屋，并不是一个偶然！——他必须掩护正在花园里执行计划的主人，避免事情被住在小屋里的莱蒙德·法尔彤发现。

换句话说，罗德是凶手的同谋。

既然已经知道莱蒙德和伊丽泽之间的关系，精明的管家先生自然会想到，莱蒙德那段时间经常忘记锁门并不是因为粗心大意，而是为了方便和伊丽泽偷偷会面。

吕根曼先生和罗德当然并不知道莱蒙德和伊丽泽当晚就有约会（吕根曼先生总不会笨到主动让自己的计划被女儿打乱），但他们势必得留心住在花园里的莱蒙德。因此，正如我们所看到的，吕根曼先生所采取的方法是：在计划执行的主要时间段（九点半到十点多），派罗德去牵制住花匠。

实际上，罗德选择了一个很好的话题——当着花匠的面揭穿了他和伊丽泽之间自以为没有人知道的秘密，并且顺理成章地当场解雇了他。这无疑在心理上给了花匠沉重的打击——即使此刻有辆坦克闯进了霍费尔家的花园，莱蒙德也不会去留意的（也正因如此，在吕根曼先生回梅尔市的当儿，罗德才能够大大方方地去收拾花园现场的残局——当然，时间方面是我假设的）。短短一小时里，如莱蒙德所说，"自尊、希望、未来、爱情统统破灭了"，这样沉重的打击，任谁也不可能那么容易就承受得了。

翌日传来恋人已死的噩耗，罗德的那句"你该不会就是凶手吧"——接二连三的打击更是让花匠的精神接近崩溃。这可怜的年轻人，在罗德说要和他达成"协议"的时候，他哪还有一点点判断的能力和拒绝的胆量？

这样，罗德在那个极其巧合的时间里拜访过花匠的事情，也就理所当然地被隐瞒了长达八年之久——吕根曼先生和罗德当然都清楚，伊丽泽那晚为什么会出现在凶案的现场；而自始至终都不明白的，也就只有莱蒙德先生一个人而已。

为什么伊丽泽没有和卡罗莉娜一起失踪？我想，可能的原因是，吕根曼并不忍心让自己心爱的女儿和那不忠的妻子一道人间蒸发。犹豫再三之后，他终于选择在白天鹅桥上砍下了伊丽泽的头颅。为什么选择这种方式呢？我也只能猜测了。可能吕根曼认为这种方式所造成的痛苦要少些，伊丽泽不会疼得醒过来；也可能这样比较好制造一个看似右撇子执刀的假象。总之，一个父亲亲切去了自己亲生女儿的头颅，这无论如何都是一个真实的悲剧。

然后，吕根曼开着这辆车回到了梅尔市，将车交给预先买通的废车处理厂的某个欠债工人或是码头仓库的管理员。这辆藏有卡罗莉娜尸体的车可能是被机器压成了铁块，也可能被开进了大海，甚至可能被扔进了废铁处理厂的熔炉……反正，卡罗莉娜彻底地从人间蒸发了。

如果选择在自由意志市处理这辆车，一来增加了被发现的可能性（案发之后，本市的警察们显然会针对这辆失踪的车展开一系列调查），二来吕根曼先生不得不继续使用公共交通回到梅尔市，这同样增加了被人发现的可能性。因而我假设他是开着这辆车回到梅尔市的，这显然是更好些的选择。

计算好时间，吕根曼叫了一辆出租车，在他的第三个不在场证人——那个出租车调度员——下班之后回到了皮克尔大酒店：那时该是在凌晨三点钟之后了。

吕根曼先生悄悄回到了自己的房间，和床上的那人换回衣服——如果我没猜错，床上的那个人应该就是六点钟的时候，和莱奥诺蕾小姐一同将吕根曼先生弄回房间来的酒店服务员，他是最容易实现这个计划的人。为了造成真实的宿醉假象，此时吕根曼可能喝了些烈酒（酒当然是预先准备好的，他不会笨到去喝房间里备好的威士忌）。然后，化装回服务员的那个人离开了房间，而吕根曼先生则真正地醉倒，一直到十八号中午才被莱奥诺蕾以及梅尔市的警员们叫醒。

至于凌晨一点左右那通"莫名其妙的客房服务呼叫"，自然也是一早就安排好了的——目的当然是制造不在场证明。吕根曼先生可以推说自己是在"无意识的情况下"按下了召唤服务员的按铃，这对于一个喝醉了的人来说并不算是什么奇怪的事情。

仔细想想，莱奥诺蕾小姐似乎必须是吕根曼先生的同谋了——他需要一个十点钟的不在场证人。因为伊丽泽的到来对于他们的计划而言本就是个意外，就他们原本计划的"卡罗莉娜失踪案"来说，十点钟的不在场证明对吕根曼先生来说才是至关重要的。

不过，她也可能是在不知情的情况下成为同谋的。酒会九点半就结束了，吕根曼先生的提前离去成倍增加了她在酒会上的应酬量，这点，吕根曼先生本人当然是很清楚的——他也知道她因此必须待到酒会结束才可以回自己的房间。基于这点，结合平日里所了解的莱奥诺蕾小姐的为人态度，他几乎可以确定，出于关心，莱奥诺蕾会再到他的房间来看看他。九点半到十一点半之间（也就是从酒会结束，莱奥诺蕾返回自己的房间，一直到她差不多处理完自己的事情，就寝之前的时间段），只要莱奥诺蕾能来他的房间，他所需要的不在场证明就成立了。

工作时间从九点半一直到翌日凌晨的出租车调度员的证词，结合莱奥诺蕾小姐的证词——这样一来，吕根曼先生所需要的十点钟的不在场证明就算是非常充分的了。

倒在床上的那个人是否真是皮克尔大酒店的服务员呢？——这点也值得怀疑。找一个愿意为钱做伪证的服务员或许很容易，但要找一个愿意换上房间主人的衣服、躺在床上假装醉酒长达七八个小时，其间还要刻意在床头灯和服务按铃上做手脚的服务员，似乎就没有那么简单了。可能成立的一种假设是，吕根曼先生雇了一个专业人士冒充酒店服务员，又花钱买通了一个酒会上的服务员。这个酒会服务员所要做的，只是主动向警方承认自己曾与酒会上的一位小姐一同送一位来自霍费尔财团的吕根曼先生回自己的房间就可以了。当然，他得强调这位先生"醉得相当厉害"。

好了，以上就是我对一九八四年发生的那起案子所做的初步推理——在一个小的范围之内，看上去已经相当不错了。逻辑上，动机上，整起案件的重演上……虽然还有些粗糙，还缺少真正有力的证据。但我想，如果我据此写一份报告交上去，吕根曼先生至少在这个月里大概又会成为本案的重要嫌疑人了。

如果正如我所推想的，吕根曼先生就是传说中的"镰刀罗密欧"，那么，凶器一定就藏在别墅的某处了（很可能就是刀室中的某把刀）。虽然我们现在几乎离"镰刀罗密欧"只有一步之遥，但我偏偏又想起别墅主人那衰老的模样来：那双颤抖的手还有可能举起一把武士刀，再重重地挥下去吗？

多次作案的动机呢？

天王星的卫星们呢？

另外的四个完美不在场证明呢？

离真相愈近，这些不可逃避的疑点也就愈发明显，我想，在顺利解答这些疑点之前，我恐怕还是不会交上这份报告的。

老吉姆回来了，还帮我带来了一杯咖啡。

"还在忙那个案子吗？"

"嗯，几乎没什么头绪呢。"我喝了口咖啡，耸了耸肩。

"那就试着轻松一下吧，嘿！年轻人……轻松一下，等到你退休的那一天，你就会明白这有多么重要了。"老吉姆拍了拍我的肩膀。

"哦，是吧……哪天我会试试的……老吉姆，我想我该走了。谢谢你的咖啡。"

我冲吉姆·华特生笑了笑，起身离开了档案室。

第二节 替 换

"吕根曼先生，如果我没有猜错，那柄刀应该是镰仓末期正宗流的作品。"

"那么……你是怎么知道答案的呢，年轻人？"

"喂，我说奥鲁，你见过正宗流的刀吗？我是说亲眼见过……"

"嘿，文泽尔，你终于也对东洋冷兵器感兴趣了吗？哈，我说呢，你请我吃鱼生，不就是最好的证明吗？"奥鲁用牙签挑起一只精致的握寿司。

星期二中午休息时间，局外的日本料理店里。

实际上，那天基尔副部长并没有来巡过班，奥鲁在我走后不久就溜号了。奥鲁的记性虽然不太好，但总算还记得我欠下的鱼生，还额外加上了握寿司和关东煮。导致我在本周五首发日就买下《纸莎草上的雪》(Schnee auf dem Papyrus)[①]的计划，也因此顺延至发薪日之后了。

"算是吧……好了，说说看。"我给奥鲁倒上了一小杯清酒。

[①] 有些类似阿加莎·克里斯蒂的那本《死亡终局》，这本德文侦探小说主要讲的是公元前两千二百多年，在尼罗河三角洲发生的一起谋杀案。

"我可不是在朗林根区的冷兵器博物馆里看到的。"奥鲁抿了一口酒,"阿富汗的弯刀、穆斯林的腕刀、伊朗的蛇形剑……嗨,那地方的东西几百年都没有换过了。"

我们的奥鲁先生又开始炫耀自己的爱好了。

"别跑题了,奥鲁,我们还是从东欧回到东洋吧。"我也抿了口酒。大概是为了罗密欧的案子,今天下午各分局的领导都去总局开会了。所以,就算在这里多享受一下东洋情调也无所谓。

"好的,好的,你这个没有耐心的家伙。嗯……我好像跟你提到过,前年他们组团去伦敦参观的时候——我肯定说过的,他们带上烧烤架去了泰晤士河畔,我却带上照相机去了大英博物馆。"

"哈,你这个不会享受的家伙。"

"没那回事儿。你没看过那柄刀,自然不会知道什么才配称得上'享受'一词。"

我不觉又想起吕根曼家的刀室里,那把没有刀鞘的古刀来。

"那把刀不长,刀装上也没有什么出彩的地方。无非是赤铜质的柄上用上布目象嵌的手法,'头'和'缘'上刻有玄武兽和一些梵文的小字,目贯上的'际端铭'也是梵文的。你知道的,那些我可是一点都不懂。不过,猜也能猜到,该是一些东方神明的名号。"奥鲁在鱼生上抹了一些青芥末,一口就吞了下去。大概是觉得辣,他转身又叫了一瓶清酒。

他在描述中用了不少专业词汇(这类词的普遍特点就是发音奇特,比方"际端铭"读作 Kibatamei,而"目贯"则是 Menuki),即使我先前看过《刀剑要览》,也要想半天才能理解他想要表达的意思。

"木瓜形的刀镡上还包上了银质的覆轮。我敢打赌,外行们一定只知道对着这些制作花哨的小玩意儿惊叹，即使那精致刀柄仅驳接上一块生锈的铁片……文泽尔，你当然知道那些都只是附加的，对于一把刀而言，真正该让人感到惊叹的，永远都是刃。

"哈，没见识的人一看到大马士革战术刀上层层叠叠的波纹就要啧啧称奇了。他们真该去看看那把'正宗'——说它是'艺术品'都是亵渎呢，应该被称作'奇迹'……嘿，这世上竟有那么多不懂欣赏的蠢家伙……"

在酒精和爱好的双重作用下，奥鲁似乎越来越兴奋了。

"那把刀的刃文是立体的，看上去就如同跳跃的银灰色火焰一般。火舌之间的层次丰富且细腻，当你改变视角的时候，甚至会感觉真有火焰在那里燃烧呢……横手和镐筋，栋和锉子之间的曲度、角度、结合都堪称'完美'。不过，这其实也算不上什么，很多刀匠都能做到那种程度——文泽尔，你知道正宗流的刀最独特的地方是什么吗？"奥鲁喝干了杯中的酒，有些得意地问我。

"照《刀剑要览》上说的，应该有两点。一是你刚刚描述的'皆烧'刃文，二是称作'米糠肌'的地肌纹。"

"嘿，你说的一点儿没错！可惜那本书上没有配上一张彩图，你虽然说对了，却并不知道那些东西都是什么样子的，不是吗？"奥鲁又给自己倒上了一杯酒，也帮我把酒杯加满了。

这瓶酒眼看也要见底，我不得不悄悄给站在一边的服务员小姐打了个手势，表示"我们不要酒了"。无论如何，我们下午还是要去办公室坐一下的——送喝醉的奥鲁回他在豪泽区的肮脏公寓，这样的经历我可不想再有第二次了！

服务员小姐心领神会地退下了。

"嗯，你可以看看这个——喏，这一期送的海报恰巧就是那柄著名的'观世正宗'的写真……地肌纹什么的，说也说不清楚，最好还是直接看。"

奥鲁拿起身边那本刚买的《刀剑美术》，将中间加赠的海报递给我。

"如果可能……"奥鲁又抿了口酒，"最好还是去东京国立博物馆看上一眼。要知道，这些国宝级别的东西，在这世上可都是独一无二的——绝对值得上机票钱！"

我拿过那张海报。料理店里的光线相当好，这几张写真拍摄得也十分清楚，而我有些惊讶地发现：这把毫无疑问的正品"正宗"，和我在吕根曼先生家看过的那把"正宗"，风格竟然完全不同！

"皆烧"的刃文，从照片上表现的来看，是密集且略显圆滑的，说明中被描述为"类似猎犬大麦丁毛色的图案"纹路。而刀室里的那柄刀，却呈现出一种复杂尖锐的断刃状纹路。

"米糠肌"的地肌纹则是均匀且饱和地排布在地肌上的一种米粒状的灰白色斑点——刀室中的那柄刀上绝对没有这样的斑点。

甚至连两柄刀的刀茎形状都不同。照片上的刀茎状似船底（按照海报上的说明，是所谓"舟形"），固定刀身的孔洞在刀茎的正中位置。而那柄古刀的刀茎，我记得相当清楚，是上直下曲的。曲的那侧有一处微小的凹陷，且前段比后段的曲度略低些。至于固定的孔洞，则设在比较靠前的位置。

同一个流派的作品，即使年代不同，也不会有如此大的差异。换言之，吕根曼先生家刀室中收藏的那把古刀实际上并不是正宗流的作品。但上面却有"正宗"的铭文——估计是后人所制的赝品。

这么说，我和吕根曼先生打的那场赌，实际上是我输了。

"喂，奥鲁……你说，同一个流派的作品，会不会存在风格相差很大的情况呢?"我将海报还给了奥鲁。

"是指日本刀吗?我想可能不会吧……如果风格相差太大的话,就该自创新的流派了。日本刀匠们在这方面可是相当挑剔的……喂,还能要瓶酒吗?"

奥鲁喝完了最后一杯酒,将空空的白瓷酒瓶摆在我面前,开始转头找寻服务员小姐——当然是连个人影都找不到。

"咦,人都到哪儿去了?"

"行了,我的朋友。"我从榻榻米上坐起,揉了揉发酸的膝盖,"这说明你已经醉了,我们也该回去了。"

刀室里的那柄古刀,虽然已经证实并不是正宗流的作品,但也一定不是简单的赝品——看来,回去之后我还得再翻翻那本《刀剑要览》。

奥鲁将空酒杯倒扣在桌上,有些意犹未尽地说:"嗯,那下周二我请。"

第三节 间 谍

"技术兵种！你知道什么叫技术兵种吗，文泽尔？唉，妈妈也曾告诫过我，让我不要去服兵役的——我告诉你，我的朋友，技术兵就是专门负责削土豆和打扫厨房的特色兵种、杂务兵种和垃圾兵种……我的天，如果我大学也和你学同一个专业就好了。你现在可是个了不起的探员，我在报纸上看到过你，干得相当不错！"

"哦，莫斯曼，我正打算辞职呢。"

"千万别！我的朋友，你总比我现在要强得多，不过，说起来，我们好像有一年多没联系了。"

"确切点说，是自从上次聚会之后。"

"在狄温家举行的聚会吗？还有安提哥和卡密罗。哦，我大概记起来了——那时候你还在参加警校培训。时间过得可真快。"

"嗯，我记得你在那次聚会上提过，你可以利用军方的网络取得一些……从正常渠道难以得到的信息。"

"哈，你也知道，我在整个大学期间在这方面投下了多少的精力！相信我，我的朋友——只要有合适的工具，这个世界上没有我得不到的秘密。"

"这似乎是上次聚会时你说过的原话——"

"没错,没错……你不知道,这一年多里,我的技术在削土豆之余又有进步了!哦,你肯定见过那篇报道——那个化名'狮子查理'的家伙。"

"侵入美国五角大楼的那个?"

"对,就是那样的废物,竟登上了一个月的报纸头版。我的天,他不过是盗用了我写的一个蠕虫程序而已,那个美国佬……"

"也就是说,你可以轻易侵入美国引以为傲的军事网络?"

"从 L2S18 的服务器上,简直连那个程序都不需要。所以我才将它发布在了一个隐秘的黑客网站上。那个版本号为 0.85a 的漏洞百出的小可爱,算是我送给他们的新年礼物……"莫斯曼得意扬扬地说。

"你也能查到某个指定私人账户的支出状况吗?即便在不知道账户号码的情况下。"

"告诉我人名就行了,那简直是小菜一碟。"

"吕根曼·霍费尔,霍费尔财团总裁的私人账户。"

电话那端一下子安静了——过了差不多半分钟,莫斯曼才接下我的话。

"你不是在开玩笑吧?离愚人节可还有一个月呢。不过,这可一点都不可笑。"莫斯曼干笑着说。

"否则我为什么要打电话找你?我的技术兵朋友。"

"嗨,你真以为我能侵入五角大楼吗?"

"你刚刚说过的,我也相信你能够办到——读大学那会儿我就相信了。"

大概是同在自由意志大学读第七学期的时候,莫斯曼曾用自编的一个木马程序取得了学校机房的超管密码,然后将这个密码用喷枪写在了机房的大门上。校方甚至因为这事报了警。可惜警方的那位网络专家花了足足三个月的时间,也没能从那只木马里找到莫斯曼暗藏的名字、学号及电话号码——这件事在我们这帮好友的小范围内几乎被传作了神话。

"那可不一样……唉,算了。喂,我说,你查那些东西有什么用?那可是犯法的事儿!"莫斯曼的声音听起来很紧张。

"自然有我的用途……你也知道,当然是和案子有关。"我却从容不迫。

"嘿,文泽尔,你认为我为什么不自己去侵入五角大楼,而偏要让那个恶心的'狮子查理'得手呢?"

还没等我答话,莫斯曼就自己回答了。

"非法获取涉及国家安全的资料,不管是本国的还是他国的,根据本州的法律,都将被判入监狱二十五年,不得假释。二十五年是个什么概念,你明白吗?"

"可是,我要你查的东西,似乎并不涉及国家安全……"

"非法获取私人信息也够判十五年了!也不是没有过这样的先例。美国加利福尼亚州的那个尼凯诺——"

"喂,你什么时候对法律这么了若指掌了。畏缩怕事,这可不像是我认识的那个莫斯曼!我说,你听说过'影子杀手'那个案子吗?"

"每年三月份下手的那个变态吗?他可相当有名……等等,你别说你正在调查的是这个案子,那和财团总裁的银行账户有什么关系?"

"别问了,莫斯曼,确实是这个案子,我能说的就这么多了,这件事情有些复杂……你相信吗,我的朋友,你的举手之劳可以在本月里从那变态的手上挽救一条人命,这点,我敢以我的警章保证。"

短短几天里，这已经是我第二次用警章作担保了——但愿这不会成为习惯。

"你不是刚说过要辞职吗？唉，好吧，看在朋友的份儿上。嗯，你在那儿等着，我现在就过去，待会儿再打过来。"

"你知道我家的号码吗？"

"我不用知道。"莫斯曼急急忙忙地挂断了电话。

也是，莫斯曼肯定有办法直接弄到我的电话号码。

那么，在等待莫斯曼回电话的当儿，我们可以来谈谈吕根曼家刀室里的那柄古刀了。

尖刃状的刃文、鱼腹形的刀茎，以及被篡改为"正宗"的刀铭——根据《刀剑要览》上所记载的，吕根曼先生刀室中的那柄刀，真正的名字应该是"村正"。

村正流的刀，虽然在时代上晚于正宗流，但其名气和做工均不亚于正宗流所制的刀。将原为"村正"的刀铭改为"正宗"，实际上并非现代刀商们所为，而是幕府时代的武士们为了避免宝刀被毁的折中举措。在德川家康的时代，各国之间连年征战，村正所产的刀具，因为锋利无比而被大量使用。战争中，德川家的许多人都丧命在村正刀的刀刃下，连家康本人也被村正刀伤了三次之多。德川家康因此视村正的刀为不祥之物，掌权之后立即下令废止，村正刀一时面临绝迹的境地。

由于执行查刀毁刀的官员仅以刀茎上的铭文作为判断"村正"的依据，不少持刀者就将刀铭上"村正"二字中的"村"字磨掉，而另外刻上"宗"字，即改刀铭为"正宗"，借以保全利刃。这也是那柄古刀上的"正宗"二字在字体上不尽相同的原因。

至于真正的正宗流的刀，一般都是无铭的。现在在刀市上流通的"正宗",很大一部分是赝品,也有少数如上所述的"村正"。

好了,我当然不会认为刀室里的那柄村正就是凶器。事实上,我现在已经解决了本案的那个最大矛盾:《刀剑要览》上介绍的某项关于刀剑收藏的基础知识帮了很大的忙,这也是我给莫斯曼打这个电话的原因。

可惜我此刻没时间在这里解释了——电话铃响了,莫斯曼的动作也真是够快的。

"名字。"

我稍愣了一下,莫斯曼却并不给我更多思考的时间,在我刚刚想到他是在向我索要查询对象的资料的时候,他又接着补充道:"社会保险号、车牌号码、办公室电话、住址甚至在狱中的囚服编号,什么都行!我的朋友,你刚刚提到的那个名字我忘记了——就像我总不记得面前这性感宝贝儿的通行密码一样。我说,你可得快点,我今天的土豆份额还差得多呢!当你拿到你想要的资料,舒舒服服地写你的案件报告的时候,我这边还要对着小山丘一般的土豆发愁。"

这么说,当那位声音冷淡的传达员接到我的电话的时候,莫斯曼竟还在土豆堆里奔忙。现在都已经快九点了,我可怜的朋友,愿主能拯救他……

"吕根曼·霍费尔,住址是法夫尼尔街九号——"

"嘿,那地方可是富人区!你刚刚说他是什么财团的总裁来着?"

"霍费尔财团……"

"那就是家族财团了。嗨,我最瞧不起这样的人了,世袭意味着腐朽,高贵象征着堕落——嘿,'影子杀手',你看看,堕落了的人心有多么可怕……"

我笑了笑,没搭理他——每个人认真的时候都有自己的风格,而莫斯曼的风格,显然是一种漫无边际的唠叨。

"嘿,我的朋友,你笑了,你又在嫌我唠叨了吗?我说,这我会改的。文泽尔,我喜欢跟你唠叨。你知道,我现在生活在土豆堆跟网络的夹缝中,换了谁都会疯掉的。而我只不过是多说说话而已,这已经很好了!我敢用我全部的脑细胞和你打赌,如果等到有一天我安静了,就该换你疯掉了……"①

"呵,我等着那一天。疯掉倒也值得了。"

"银行账户、银行账户。你要查哪个年份的呢?哈,哪个年份……劣质的世袭贵族葡萄,酿造的年份可不能过长。"莫斯曼在玩笑之间也不忘记对"世袭"这个词的抵触。

"一九八四年前后的陈酿。不过最少也得是樱桃酒的度数。葡萄酒够不上,你知道,世袭贵族们最喜欢大手笔。"我当然是在暗示大笔的金额支出。

"哈,我明白你的意思。给这些个酒开盖可是有些难度。"

"没关系,你可以用上你的土豆刀——它肯定还攥在你的手里。"

"得了吧,那东西当然在我的口袋里,否则我怎么敲键盘?"

我和莫斯曼随随便便地聊着——这样时间也过得特别快。挂断电话的时候我看了看挂钟,已经是晚上十一点了。但愿莫斯曼还有精力去应付他的土豆。

---

① 虽然他曾这样说过,但十一年后,莫斯曼在自家用电脑查询斯蒂芬·马丁等人的资料时,风格却已然换作了沉默寡言。文泽尔自然也没有疯掉。只是在一九九二年,他们是无论如何也想不到的。

我又瞟了一眼手边的便条纸，上面明白无误地写着：

一九八四年一月七日，瑞士银行私人账户"三六二七四五九"，现金一百七十万（美元）

一九八四年三月二十四日，瑞士银行私人账户"三六二七四五九"，现金四百五十万（美元）

对这两笔钱的使用途径，我们自然可以展开很多联想。但至少，这两笔看上去有些意外的现金支出时间，不会只是一个巧合。虽然我们可以将一些不愿意解释的尴尬归咎于巧合，但在法官和陪审团的眼里，这些会是很有力的证据。

好的，我得说，在大多数情况下，非法得来的证据也算不上是证据。这张便条上的内容的价值，只是客观证实了我之前的假设而已。和发现站名之间的奥秘相比，这只能算是一个小成就。

而罗密欧那本来近在眼前的足迹，却确确实实地变得渺茫起来……

第四节 魔 鬼

已经五号了，离天卫八的到来，还有整整两个礼拜。

我的报告却只写了个题目——《关于三月连续杀人案的重要报告》。这当然是个很蠢的题目。我甚至都不知道应该用怎样的名字来概括这个案子。"镰刀罗密欧案"显得有些太过通俗、不够正式，"影子杀手案"则太笼统，我临时起的这个似乎又有些过于模糊和没有力度……我想，最后我可能会将它们统统划掉，只留下"重要"两个字——这就足够了。

昨天，我重新整理了一遍这个案子的卷宗，又从另一个已经封档的名为《一九八七至一九八九－伯恩哈迪／坎普尔模仿案（三）》的卷宗里找到了坎普·格兰小姐入狱前的住址。

按照卷宗中所记载的，坎普尔自一九八三年因与父母不和而从雪令区的家中搬出来后，就一直住在特奥多尔街十九号二〇八室，这套公寓的产权属于老多普勒·金格（Doppler Ginger）。我本来打算今天再去一趟南门监狱，但梅彭昨天在电话里不耐烦地告诉我，她已经把报告交上去了——为了保障其他囚犯的人身安全，"六一七三一"号女囚被强制隔离了。

我当然知道，这种一厢情愿的"强制隔离"，在上面的回应还没下来之前，只不过是狱警们私底下进行的一种惩戒手段而

145

已——没有放风时间、没有探监许可……这些因为"强制隔离"而被剥夺的权利,坎普尔应该也不会太在意。哪怕是成天被关在自己的小房间里,只要有几本比较耐看的小说在,她大概还是可以熬过去的。

我肯定会在我的报告中强调伯恩哈迪／坎普尔案对于侦破"镰刀罗密欧"案的重要参照性,这样一来,坎普尔甚至可能获得出来散散心的机会;这对缓解她的精神压力肯定有好处。这个案子结束之后,我还打算给《自由意志报》或者《自由先导报》寄上一份匿名的、标题或许是《铁窗下的罪恶》的新闻线索。这样,等梅彭退休之后,坎普尔以及其他受到虐待的囚犯们的处境应该会渐渐地好起来。

地铁经过了电视塔,三月的阳光从吕纳山(Lyra)高处洒下来,显得格外明媚。我看了看表,现在刚刚好是局里签到的高峰时间(八点十五分——准点和迟到的界线),也不知彼特菲尔德是否记得在我的卡上签上名字。整个警局里,彼特菲尔德是最擅长模仿其他人的签名的;但同时,他的记性也是最不好的——他常常忘记自己的银行账号,我们也因而常常担心,在填写转账单的时候,他会在恍惚之间将我们中某人的账号和签名给写上,投到那个大大的转账箱中去。

这种违反日常警规的事情,和汉迪克或者奥鲁不同,我并不会时常拜托彼特菲尔德。特奥多尔街实在太远(虽然也在地铁线上,但却要转三趟车),加上我即将辞职,而且我也想尽快侦破这个案子……唉,算了,这些都是借口。反正,在这全市其他警官签到的高峰时间里,我却坐在这辆驶往特奥多尔街的地铁上——这就是全部事实。

莫斯曼提供给我的线索,间接证实了我自偶然发现站名之间的联系之后，就在这起连环案件上（除去伊丽泽的案子）全无进展，一无所获。这样的说法或许有些过分，或许这本身就算是一个很重要的"进展"，至少在逻辑上。是啊，逻辑上而言，"能排除某些可能性"即为进展；但实际上，那位持着武士刀的罗密欧离我们还是一如既往的遥远。

鉴于以上令人感到沮丧的事实，我也只好再次回到这个"具有参照性"的案子上来找找线索了。

"哦，还是那个案子，知道了……"

蒙歇利·佛罗伊若普（Moncheri Fleurop），这位木讷的老房管在听过我简单的介绍之后，放下了手中的樱桃蛋糕，从墙上的钥匙板上取下了一串备用钥匙——串在粗糙钥匙环上的铝质铭牌上模糊地刻着"19#208"。

"伊萨拉勒物业管理着这条街上的十个门牌，我管这十栋房子。七年前是两个人管的，托尼死了以后，他们就没另外找人了。"

蒙歇利先生正领着我从楼梯间上楼。

"电梯坏了将近两个月，交了报告上去，也不知什么时候才能修好。这栋楼没几户人住，他们不抱怨，也没有谁为这件事着急。"

我略略地应了两声，表示"我知道了"。蒙歇利先生似乎也看出我对他的话题并不怎么感兴趣，就不再说话了。

我们默默地走过二〇一、二〇二……封闭在狭小空间里的走廊静得恐怖，昏暗的日光灯代替了刚刚明媚的阳光。似乎整栋楼里就只有我和房管两个人一般。虽然楼道和走廊都很干净，但我却觉得正走在一幢无人的老旧古宅里。

"住户为什么这么少？"在蒙歇利先生开二〇八室房门时，

我问他。

"我不清楚,哦,因为有一些不好的传闻吧,和这间房有关的。"

"譬如说……"

"有传言说,他们在这栋楼的某处藏着肢解过的尸体……对房地产商来说,这是很不利的传言了。"

蒙歇利所说的"他们",自然是指伯恩哈迪和坎普尔。

"还有别的吗?"

"还有……嗯,说那台'剪草机'也可能常来这里——谁知道?梅萨拉一家五口、路歇斯夫妇俩……他们要是再搬走,这地方也可以统统拆掉,建成停车场了。"

房管推开了房门——里面漆黑一片。他摸到电灯开关,按了两三下,没有任何反应。

"这里几年没人来,东西都坏得差不多了……"他拿出打火机,打出一缕微弱的火光,领着我进了客厅。

客厅里也没透进一丁点儿阳光,借着打火机的微弱光线,蒙歇利先生来到了窗边,猛地一把拉开厚重的落地窗帘。突然泻入的阳光晃得我们睁不开眼,一直弥漫周身的阴冷气息一下子就被这不可抗拒的力量一扫而空了。

一套摆放得不太整齐的灰色仿天鹅绒沙发,一只空的矮电视柜,以及一把放在简易折椅上的断弦吉他——这就是客厅里的全部东西了。除此之外,几个角落杂乱地堆放着几只陈旧的纸箱,上面胡乱盖着几张废旧的报纸;墙上贴满了各式各样的唱片海报。

那些巨幅唱片海报可能因为贴得不牢,边角的地方有些许脱落;有些甚至已经滑落到地上,在墙壁上留下淡淡的一圈灰影以及固体胶的痕迹。

"喏，还不到三年，就变成了这个样子。"蒙歇利先生灭掉了打火机。

"一九八九年的那起案子之后，有人来整理过这里的东西吗？"

"看样子是有的，警察当然来过。"他看了我一眼，"业主或许也带走了一些东西，他们拿自己的钥匙进门，总不会额外通知我。"

"曾住在这儿的人呢？你和他们熟吗？"

"谈不上熟不熟……除了来修过一次水管，基本上没什么接触。"他瞟了一眼墙上的挂钟——那挂钟停在四点二十的位置。

"关于这个案子，有什么特殊的情况值得一提吗？请你回忆看看。"

"大概没有……本来你可以问问二〇七的卡贾克（Kajak），可惜他去年搬走了。"

"你有他的号码吗？"

"没有。不过你们那里应该有，我记得你的同事……好像是个叫汉斯的，曾经找他问过话。"

"哦……嗯，蒙歇利先生，我能单独检查一下这儿吗？"

"行。我把钥匙挂在门上了，你弄完了之后反锁上门，钥匙拿下去还我就行。如果我不在，就丢进我的邮箱里。十七号的蒙歇利·佛罗伊若普，记住了。"

"好的，谢谢。"

房管离开了二〇八室。

我先检查了角落里的那几个箱子。两个较大的箱子里面放的全是各种各样的吉他乐谱；较小的箱子里，一个放着一些页面发黄的旧书，另一个则放满了没用过的白色矮蜡烛。

我翻了翻那些书。博尼托（Bonito）的《心理与死亡》、尼森（Nissen）的《狭隘空间论》、豪森（Hausen）的《鱼眼白》……有十来本。其中有些我看过，基本上都是些带着死亡气息的书。

除了一本封面设计得相当滑稽的《世界主宰者》。它在这堆似乎是从坟墓中挖出来的书中间显得十分突兀——我猜，这本书应该是坎普尔的。

书的最后几页脱落了，我将这几页从箱子里面捡起来。当我把它们夹回原位的时候，竟意外地发现，最后一页的最后几段被用绿色的粗荧光笔醒目地标注了出来：

"我说过爱里巨峰是魔鬼窝吗？"

"胡说，这个罗布尔不是魔鬼！"

"唔，你是说……"老管家回答，"可这家伙真像魔鬼一样。"

在因年代久远已略显褪色的绿色荧光笔迹之外，三个"魔鬼"都又被额外地用红笔打上了叉——这颜色是如此鲜艳，在泛黄的书页上，即便房间里洒满阳光，也还是让人感到丝丝莫名的寒冷……

第五节 灵 感

卧室和起居室里几乎是空的。除了海报就一无所有了。老多普勒当然有权这样做（他恐怕是将房子托给了某位地产经纪人，希望能够低价出售或出租）。

只是，我今天的调查似乎无法继续了。

点燃一支万宝路后，我自觉踱到了起居室。我刚刚将那里的窗户打开了，而且那里是唯一没有地毯的房间。我无意将这里弄脏而使老多普勒委托的地产经纪人为难——谁让这儿没有烟灰缸呢！

吸烟的当儿，我仔细端详起起居室里的海报来。和客厅以及卧室里的不同，这里的海报充斥着神秘主义和腐败气息。某些似乎是在用晦涩而冷僻的手法来表现种种古老的宗教祭祀仪式，某些就直接是骸骨、尸体、木乃伊或是行刑过程的残忍写真。我不明白伯恩哈迪是如何对这些东西产生兴趣的，死亡倒也该算作近乎狂热的图腾崇拜中的一种。无论如何，伯恩最终还是将自己献上了祭坛，也算是彻底履行了自己的信仰。

想到这些，我莫名其妙地摇了摇头，转过身，走到窗台边。

窗户两侧也贴满了类似的海报——它们将我包围着，与周遭的烟气和阳光一起，将我带入一种说不清的奇妙氛围里。

我恍惚地看着窗外。穆斯唐（Mustang）街，即使是在这一天最繁忙的几小时里，也不会有几辆车驶过。远方是电视塔和吕纳山，特奥多尔街的地铁站口就在附近：我刚刚从那儿出来。

这时，我看到好几个人跑下进站口的自动扶梯，大概是有车进站了。这些人陆续消失后又有一些人从站口出来，肯定是刚下车。

一个女孩这会儿才从街角那边跑过来。她似乎很急，可惜最终还是没能赶上这趟车。当她看到已经有人出站了，便无奈地停在离站口不远的、巨大的本市交通区划图旁，累得不住喘气。

虽然有点模糊，但我还是能够从这里看到交通区划图上各个大站的站名。首先当然是总火车站，接下来依次是市警察总局、法院、电视塔和自由意志机场……虽然还可以勉强辨认出代表特奥多尔街站的蓝色小点，但站名是无论如何也看不见了。

下意识地，我开始向上寻找十一警察分局站。眼光掠过这幅颇为复杂的区划图的时候，我的脑中不自觉地浮现出阿雷尔教堂、欧泊龙广场、碧安卡街……这些天反复出现在我脑海中的地名来。

它们是不是也能在这幅区划图里找到呢？——这该是一个理所当然的疑问。

我像一个在突然之间捉住灵感的画家。当烟蒂掉落在房间地板上的时候，这间房里已经没有人了。

而我正向站口跑去……

第六节 交 点

"总局那边施加的压力一直很大……你知道的,拖了这么多年。你看看,看看——幸亏我们没将这个案子交上去!"菲克(Fick)副部长将手中的材料重重地摔在会议桌上。

"报复行为,纯粹的报复行为!"普莫尔(Pummel)副局长甚至激动得大声叫嚷起来。

我并不太清楚这个会议的目的究竟是什么——我此刻正坐在会议室里一个最不显眼的位置上,翻看着伊塞尔副局长分发下来的会议材料。这基本上就是我上周五交上去的标题为《关于三月连续杀人案的重要报告》的报告原稿,只不过最后的署名换成了"伊塞尔·普彭曼(Issel Puppenmann)"而已。

"文泽尔探员,你们知道的,让积格勒那家伙也不得不佩服的那位,给了我这样的一些提示……"伊塞尔副局长翻了翻手中的材料,抽出包含交通区划图的几张,举起来示意了一下,"这些,当然对报告的最终形成有帮助。"他看了看我,与会的其他人也顺着他的目光看过来。当他将那几张纸放下时,大家的目光又迅速收回了。

"因此,我认为,对于这次行动的具体部署,我们也应该听听他的意见。"

他再次将目光投向了我。

"文泽尔,你认为我们应该怎样采取行动呢?"他问我,以一种上级特有的口气。

我在心里摇了摇头。昨天在办公室里他已经问过我这个问题了,但今天,为了配合他精心组织的会议,我还得再向局里的其他领导们耐心地解释一遍。

我越来越想辞职了……

"嗯,正如伊塞尔副局长刚刚所讲的,参照伯恩哈迪/坎普尔的那个案子——请大家看看手上的材料,在本市的交通区划图上,当我们依次连接托伊德街站和雷街站、威尼斯街站和七警察分局站之后,两条直线毫无疑问地在远山小径站相交。这和我在问询坎普尔·格兰的过程中所得到的线索相符,因此——"

"那个……文泽尔探员,我们没有太多的时间……所以,请你直接谈谈你对这次行动的意见就可以了。"伊塞尔副局长有些尴尬地打断我,看来他大概并不想让在座的其他人了解我的调查经过(理由当然再明显不过)。

"哦……那么,我提议本月十九日凌晨,全面封锁朗林根区碧安卡街一带以及弗若尔(Furor)街的公车站。对于碧安卡街,根据以往的经验,开放停车场及地下通道是必须注意的地点。另外,考虑到凶手可能会搭乘公共交通工具,沃洛斯街地铁站至六警察分局站一段也应该重点设防。驶过碧安卡街的公车线路有三七一路、三七五路、七十九路以及七七二路专线——在相应的时段里,最好能在发车时安插便衣,司机也应该由警员代替。"

"我们哪来那么多人手?"基尔副部长咕哝着。

"在这点上,我认为我们应该和邻近的六分局合作。总局那边也必须做出相应的回应——"

"够了,文泽尔……我是说,你的意见,这样就够了。"伊塞尔副局长再次打断了我的发言。

"我们怎么能让别局的人插手?这么好的机会……"普莫尔副局长转过头来,以一种近乎训斥的语调补充道。

他们的顾虑我完全明白。破获"镰刀罗密欧"案的功劳,最多也只能在十一局的范围内瓜分——他们说得再明白不过了。

"相应的行动,我们会妥善安排的。文泽尔……喂,文泽尔,你去哪里?会还没开完呢!"

我真想直接回答"我辞职了",但我现在还不能这样做。

"哦,我和南门监狱那边约好了,问询的工作还欠一部分……"我含糊地回答道。

"是吗?那你先走吧。如果有什么新的线索,别忘记尽快向上级汇报。"伊塞尔副局长冲我笑了笑。

"嗯,我会的……"

我点点头,离开了会议室。

如大家所知,坎普尔此刻依然被强制隔离着。缺少了问询对象,我刚刚所说的"问询工作"自然也就不能顺利进行(那当然只是我想要尽快逃脱这所谓"高层会议"的幌子)。

也不知那会议什么时候开完。我只好躲进档案室,对着成堆的卷宗燃起一支万宝路——这毫无疑问是违反警规的。

今天是三月十号——还剩九天。

但我的报告已经交上去了。至少对我个人而言,"镰刀罗密欧"这个案子在某种意义上已经结束了。昨天的谈话中,伊塞尔副局长明确告诉过我,三月十九日的行动(不管他们最终决定采取怎样的具体方式）我不需要参与。至于总局奖金的具体安排，他也给了我一个看起来比较合理的建议——奖金由他代表十一局领取，然后再私下里发放给我，另加上额外的以分局名义单独颁发的奖金。

这样做的理由，按照伊塞尔副局长的说法，是"将荣誉让给整个局"。而实际情况当然涉及局里高层的权力分配和平衡。据说，布伦法局长在前往梅尔市参加州里的警务高级会议之前，曾向总局递交过调整本局高层职务分配的报告。我这个小探员和局里的权力分配自然全无关系，与其将侦破"镰刀罗密欧"案的功劳浪费在我的身上，倒不如归在分局高层的名下比较实际。

而我也能在奖金方面得到补偿，加上我本来就要辞职，对荣誉和升职并没有太大兴趣。因此，我当时就接受了伊塞尔副局长给我的建议。

"你还可以考虑看看的，毕竟……这本来是属于你的荣誉。"副局长对我爽快的让步感到相当意外。

"没什么，荣誉对我而言没什么意义……"

事实上，我并不认为我交上的那份报告有多大的价值（更不用提什么荣誉）——那份草草写就的报告里面仅仅阐述了站名的秘密，仅此而已！

甚至这些秘密也不是我发现的——伯恩早在五年前就发现了它（或许是在某次无意之间眺望窗外的时候）。从某个角度来说，也可以说是已经死去的伯恩间接侦破了这个案子，我只是偶然发现了他遗留下来的线索而已。

哈，就连坎普尔也用她特殊的方式给了我们足够的提示。我之前做出过一次令我自己也感到十分迷惑的推理，不知大家是否还记得，当我表明我不是记者，而是十一分局的探员的时候……那时候，其实我连"探员"二字都还没来得及说出口，坎普尔就已经掐住了我的脖子。

坎普尔的第二次失常，诱因就是我在对话中无意提到的"十一警察分局"。

在特奥多尔街的发现，给了这个推理很充分的理由：

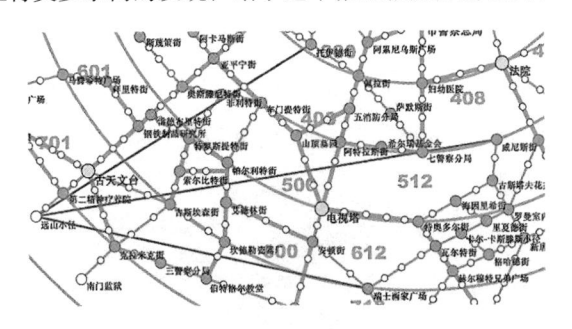

伯恩哈迪 / 坎普尔案
犯罪现场 / 抛弃头颅地点连线示意图
（取自会议材料）

我交上的报告中，直接附上了国家铁路公司印制并免费发放的全彩《自由意志市交通区划图》（是我在总火车站的问询处领取的）。伊塞尔副局长则将我所标注的各个现场和抛弃头颅的地点以直线相连接的部分单独截取下来，并整合到会议材料之中。他对那个会议还是费了一番心思的（至少，我们现在查看起来方便了许多）。

从上面的截图中可以清楚地看到：连接托伊德街地铁站和雷街站[①]、威尼斯街站以及七警察分局站之后，两条直线延长线的

[①] 即亚平宁街站和车门提特街站之间、正好位于托伊德街站和远山小径站之间连线上的那一站。这些小站虽然没有在这张交通区划图上明确标出，但可以很轻易地在总火车站或是各个大站所张贴出的更大些的本市交通区划图上查到。

交点，恰好与远山小径站所在的位置完美重合。反推过去，当我们连接远山小径站和一九八九年五月的案发现场"瑞士画家广场"，也会发现连接线恰好经过坎德勒瓷器厂和伯特格尔教堂之间的库热（Kurre）广场站——如果伯恩当时没有毙命，一定会将公务员哈克·布什的头颅很好地安置在车站旁的垃圾桶里。

如上所述，"远山小径"站，即已经结案的伯恩哈迪／坎普尔连续杀人案隐含的作案规律。如果他们曾经计划过第四起案子，那么犯罪现场与抛弃头颅车站之间的连线也一定会通过该站。

对于"镰刀罗密欧"案，我们也可以得到类似的连线示意图：

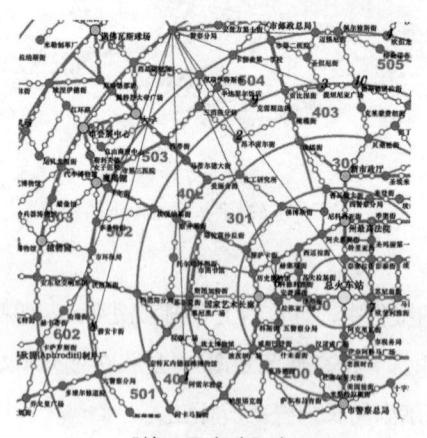

"镰刀罗密欧"案
犯罪现场／抛弃头颅地点连线示意图
（取自会议材料）
※ 连接至米兰达广场（5）

用数字表示案件发生的先后次序。由于伊丽泽案的案发地点和天王星的卫星并没有什么联系，因此我将阿雷尔教堂编作了第一处现场。当然，这样的安排也更符合实际情况。（大家也可以看到，我甚至连第九个地点"克雷斯达街"和第十个地点"德斯德谟拉街"都预先标出了。这还只是局部图的一部分，上交的彩图上我甚至标记到天卫十五"帕克"了。本市的帕克街邻近华伦斯坦动物园，离本局有大半个自由意志市那么远。）

大概是因为米兰达广场和十一局之间的距离实在太远，为了避免排版时将图片分拆在两张材料纸上，伊塞尔副局长选择截去靠下的部分，而在图片下面额外标注"※ 连接至米兰达广场（5）"。有趣的是，即便出于这样的考虑，伊塞尔副局长也没有忘记给完全没必要出现在截图中的"市警察总局"站一个恰当且醒目的位置，这大概也是为了之后将这份材料上交总局做好准备——我们的副局长在此方面确实有常人所不及的才能。

现在，让我们来看看：

阿雷尔教堂案，帕尔姆神父的头颅被抛弃在汉堡广场和犹太博物馆之间的三角街站——阿雷尔教堂站和三角街站之间的延长线恰好通过我目前所在的"十一警察分局"。

德里克片警被害案，片警德里克的头颅在辛达罗尔饭店和三消防分局之间的小乔治街公车站被两个小学生发现——昂不雷尔街站和小乔治街公车站的连线也通过十一警察分局。

罗纳德·巴伦被害案，提坦尼亚广场站和卡彻曲第一学校站之间的连线——通过十一分局。

第三十八届艺术节游行案，欧泊龙广场站和鲁尼站之间的连线——通过十一分局。

"第三个广场"案，米兰达广场站和沙站之间的连线——通过十一分局。

戴安娜·弗吉妮亚被害案，科德利雅街站和派蒂站之间的连线——通过十一分局。

"第二个周末的第二天"案，欧斐利雅街站和戴尔德姆站之间的连线——通过十一分局。

没错，这便是"镰刀罗密欧"案所隐含的（也是起决定作用的）又一条作案规律了。

在自由意志市交通区划图上，除了位于朗林根区、夹在沃洛斯街站和六警察分局站之间的那一站以外，就不存在任何其他以《驯妇记》中有名悍妇的妹妹为名的地名了。这点也反映在本市其他以天王星卫星（或者说以莎翁及亚历山大教皇作品中人物）为名的地名上。这些名字，在本市的交通区划图上都是唯一的。这或许是个巧合，却也可能是凶手选择以此种媒介来说明自己作案规律（或者换个词——"艺术"）的唯一理由。

无论如何，连接碧安卡街站和十一警察分局站之后，我们已经可以预知，今年，我们的影子杀手将会在哪个公车站附近抛下一颗可怜的滴血头颅了：那当然就是弗若尔街站。我刚刚也说过，如果想要避免惨剧继续发生，就应该全面封锁碧安卡街。

即使不通知总局和六分局，如果能合理部署本局的人力，我相信可以在本月的月圆之夜里逮捕影子杀手归案。而且，碧安卡街处在六分局管辖的范围之内，就算不告知他们采取封锁行动的具体原因，也可以在预先通知的时候（对于达到封锁街区程度的大型行动又不在己方的辖区之内，预先通知当然是必需的）向他们要求警力支援。因此，我今天在会议上提出的建议实现起来其实没有太大困难。我倒希望他们能在"激烈"讨论之后，最终采纳我提出的行动方案。当然，那项草草提出的方案恐怕也会在稍作改动之后被冠上诸如"伊塞尔行动"或是"普莫尔行动"之类的响亮名字。

好的，现在我们可以回到之前做出的关于坎普尔第二次精神失常原因的那点推理上了。坎普尔的两次失常，实际上都和她不自觉地回忆起她和伯恩所犯下的那起模仿案有关。

第一次很显然,之前也说过,是由于坎普尔想起了最后一起模仿案中发生的恐怖场景。

第二次,坎普尔的情绪在梅彭的警棍威吓之下已经相当糟糕了——当时蜷缩在角落、瑟瑟发抖的她,自身所处的现实世界大概已经变得十分模糊,而回忆却又在她的脑海中如骤风般肆虐着。那些当然是她想要努力忘却的。伯恩肯定告诉过她,他是如何在窗外的交通区划图上发现"影子杀手"挥刀的秘密(这恐怕也只是我的推测,伯恩的眼力估计没我好,不过我们还是权且相信这种情况即为事实),又是如何打算将这秘密应用在他们期望换取地狱接纳的残忍计划之上。只不过,坎普尔"以为"她自己已经忘掉这些了,所以,在被捕之后,她并没有对任何人提到过。只是从此以后,"十一警察分局"以及"远山小径"这两个词,对坎普尔来讲成了禁忌的字眼。

坎普尔的精神大概就是在一次次的刻意忘却之间变得异常脆弱,继而在现实生活的孤寂和冷漠之下逐渐崩溃的。我不觉又摸了摸脖子上的伤口,几块伤疤还顽固地挂在那里,边角处已渐渐剥离、卷起。这伤口很快就可以复原,但那段可怕的记忆在坎普尔心中刻下的伤痕却注定要和她形影相随了,这可怜的人……

被拯救的喜悦和赋予救赎般的慈祥……

我隐隐察觉,那眼神之中除了想提示我"远山小径"和"十一警察分局"间的联系之外,似乎还含有另一层意思……

我却没有时间去深究了。档案室宽大的旧木桌上,一份没有署名的新闻稿还只写了不到一半。

稿子的题目是《铁窗下的罪恶》。

这也是我提前离会的原因之一。

第七节 猜 测

"你想知道会议的结果吗？不妨先跟我讲讲你昨天的问询取得了什么新的线索？"伊塞尔副局长瞟了一眼我手中拿着的牛皮纸信封。

他或许以为这是我在"镰刀罗密欧"案上取得的新进展吧。可惜他猜错了，这不过是我昨晚刚刚写好的、打算在中午休息时间里寄给《自由先导报》的新闻稿。另有一份抄写复件，我已经在早晨上班路上投进邮筒里了——那份是寄往《自由意志报》的。按照其办报的风格以及接纳自由稿件和新闻线索的态度来看，早上寄出的那份上报的希望显然要大一些。

"囚犯很不合作，因此并没有什么新进展。"

听了我的回答，伊塞尔副局长似乎略显失望，但这些微的失望马上就被努力掩饰的得意所取代。

"真可惜……唉，不过倒也无所谓了。你知道的，那个屠夫这次一定逃不掉了。"

"哦？这么说，具体的行动方案在昨天的会上已经定下来了？"

换句话说，也就是决定在本案取得成果之前先不向总局汇报了。

"没错。文泽尔，可惜昨天你中途离会了，没来得及听一听那个堪称'完美'的计划！嗯，普莫尔在你走后不久提出了这个计划，我和基尔他们则提了些修改意见……"

我并没有表现出丝毫好奇或者激动——说实话，我对这计划本身的兴趣并不大。今天走进副局长办公室也只是想确认一下而已，反正伊塞尔副局长在卖弄一番之后总会将计划详情告诉我的。

"嗨，你好像不怎么好奇啊！文泽尔探员——不过，这倒是好事一件！"我的反应对伊塞尔副局长而言倒好像是在意料之中。

"我们已经决定对这个行动实行二级保密了。文泽尔，你出警校的时间也不算太久，应该还记得二级保密的定义是什么吧……"

这点倒使我感到十分惊奇。周一的谈话中，我也曾向他提到过保密的想法，他当时的态度还是嗤之以鼻，没想到现在就已经执行在计划之中了。而且，我本人作为这项建议的最初提出者，竟也成了保密的执行对象之一。

"嗯，除了策划者和执行者之外，内容一概保密。而你只能算是建议者……我很抱歉。"伊塞尔副局长耸了耸肩——他大概没兴趣再和我继续谈下去了。

我也就知趣地离开了副局长办公室，继而百无聊赖地回到自己的座位上。

汉迪克被意外卷入一个总局安排的民意调查计划，最近被迫经常跟着彼特菲尔德一起出勤；奥鲁则在上周五临时被通知去参加梅尔市的一个探员培训——本周二的鱼生自然因为主人的缺席而作罢了。这倒无所谓，只不过，在这正好无聊的时光里，周围偏又缺少了两个重要的聊天对象，实在是令人感到烦恼。

局里比较熟络的几个人都有各自的事——三月份是各个局升职降职、加薪授奖的重要月份，平时散漫惯了的同僚们这时也得装出一副忙碌的姿态来。对于这虚假的繁忙，汉迪克的评价是：

"用最少的时间换取最大的效果，不折不扣的效率问题。"

我却始终无法切身体会到这"虚假繁忙"的感觉。去年我刚进局的时候，三月份早已过了。而今年的这个时候，报告已经呈交上去，行动对我保密，新闻稿的事情今天也告一段落……明显无所事事的我，只期盼着"镰刀罗密欧"的案子早日完结，我好拿着奖金愉快辞职。

嗨，不知不觉间，我又在想这个案子了……

如果我将关于这个案子的一切写成小说，在《刑侦周刊》或者《推理家》杂志上连载，那么，连载进行到这里，肯定会有热心的读者问我："为什么在上交的报告中没有提及吕根曼先生呢？"

哈，我当然不是忘记写了——再蹩脚的连载作家也不能健忘到这个地步。嗯，怎么说呢，我一开始就觉得交一份过于复杂的报告并不太好——想想我们的目的，只是要抓住预计将会在几天后的月圆之夜里挥刀的"影子杀手"，并没必要向伊塞尔副局长透露太多的信息。足够布置行动，足够逮住凶手就行了。

况且，那些基本上都只是推理，并没有可以写进报告里的切实证据（莫斯曼那里得来的非法证据当然不能呈交上去）。万一事实和这点推理完全不似（我们自然不能彻底否认"巧合"的存在，或许当年吕根曼先生真在模糊中按了要求客房服务的按钮，罗德先生真在无意中选择在案发时间拜访花匠莱蒙德，而卡罗莉娜小姐的私奔对象又恰好是左撇子，还有……哈，这当然也是有可能的），则报告中的错误也有可能成为总局减少奖金数量的借口。既然答案已经确定会在几天后揭晓，我就更没必要将不确定的东西交上去，增加我赢取明年大半年房租的赔率了。

能够回答而没有回答的问题，倒是有一个：

我是如何破解吕根曼先生的完美不在场证明的？

如果之前的推理是正确的话，答案很简单——无法破解。

也就是吕根曼先生至少在除伊丽泽之外的那七个连环案件里，拥有无懈可击的不在场证明。

这个结论和我们已做出的推理之间并不存在明显的矛盾，只要我们假设：

第一个案子是吕根曼先生所为，其余案子是其他人所为。

那个原来一直困扰着我的"最大矛盾"也就化解了。

我并非突兀地做出这样的假设，只是因为我想到，作为左撇子的吕根曼先生，在我的推理中刻意在伊丽泽的脖颈上做出惯用右手者才能造成的切口。那么，如果之后的凶手是惯用右手者，根本用不着每次都拗手，就可以做出在法医鉴定中类似的切口来了。

自然而然地，我们马上就会想到：凶器应该是同一把打刀（如果再细想想，还可以加上诸如"凶手和吕根曼先生身高相近"，以及"凶手每次自然挥刀的力度和手法与吕根曼先生刻意拗手挥刀的力度和手法相近"等附加条件）。

从《刀剑要览》中查获的常识，是我做出此项假设的第二个依据。

大家是否还记得，当我和吕根曼先生在别墅刀室中，吕根曼先生想将那柄村正放回到黑檀木刀架上的时候，几次都没能将刀背放入夹口中去——有次甚至还险些滑落。

对此，吕根曼先生推脱说自己"年老不中用了"。这当然只是借口，实际上，谁都无法将那柄古刀一下子放置在那黑檀木刀架上：它们根本就不配套！

按照《刀剑要览》上的说法，每柄东洋刀的刀架都是根据该刀的刃长、刀身弧度、刀背厚度[①]，以及重量重心等属性而量身定造的。配套的刀架如同配套的刀鞘一般，放刀时很容易找到平衡，而且严丝合缝[②]，绝对不会出现"险些滑落"的情况[③]。

让我们将这个假设置于之前的推理上，很容易就可以在地点为"白天鹅桥"的那幕场景中添加如下细节：

吕根曼先生挥刀之后，随即将刀抛进了维索瓦河里。他当然已经事先擦去了所有指纹，以做出"卡罗莉娜的情夫绑架并错手杀死了伊丽泽，仓皇之下弃刀而逃"的假象。

当然，这并不是弃刀的唯一途径，吕根曼先生也可以将刀丢在其他任何可能的地方，甚至将刀卖掉。而之后的某位买家突发奇想，开始在自由意志市尝试"被动连续杀人"（或按照一般的说法，称之为"无差别杀人"），并深陷其中……

无论如何，在肯定之前的推理的前提下，至少可以得出以下结论：

和黑檀木刀架所配的那柄刀即凶器。

如果吕根曼先生不是为了给女儿筹办葬礼而欠下债务，那么，他在案发当月二十四日从瑞士银行账户中取出的四百五十万美元，应该就是用来买刀室中现存的那柄村正了（而之前取出的一百七十万美元，大概是为了应付处死不忠妻子所造成的种种额外花销）。

以此类推，我们也就很容易理解，为什么这刀架上应该放置刀鞘的地方空置着了。

这把案发之后才买来的村正的原配刀鞘，完全没办法放在

[①]视种类不同，有时亦包括刀柄形状。
[②]这点要求严格，因为放置不稳所导致的振动会对名贵的刀具造成损伤。
[③]相应地，放刀鞘的位置也一样。

那个位置上——恐怕根本就找不到平衡点,只好在某处另行存放(根据爱好者的通病,应该不会舍得丢掉)。至于原来那柄刀的刀鞘,大概在弃刀的时候一并丢弃掉了。

紧跟着产生了一个新的疑问:

为什么不将那个黑檀木刀架也丢弃掉?

这是个好问题,在没有任何已知线索的情况下,我也只能提出几条可能的假设了:

或许是一种纪念伊丽泽的独特方式?

或许有人以前拜访时特别留意过那个刀架,怕丢弃会引人怀疑?

或许那个刀架对家族有什么特殊的意义?

当时,我在刀室里琢磨刀铭的时候,完全没有去留意那个刀架。现在想想,似乎刀架侧面有几个手刻的英文名字,可惜我那时没怎么在意,现在自然回想不起来。或许收藏者们通常都会在刀架上刻上"此刀为纪念……"或是"此刀赠予……"之类的文字——看来,等奥鲁培训回来后我还得问问他……

如果刀架上刻的是"此刀赠予爱女伊丽泽·霍费尔",则吕根曼先生保留它的理由也就很明显了。

好了,还有一个问题是我目前回答不了的。我想,如果要知道正确答案,恐怕只能问"镰刀罗密欧"本人了。

为什么凶案现场和抛弃头颅地点的连线要通过十一分局?

很容易想到,这样的选择代表着某种暗示。参考伯恩哈迪/坎普尔案,我们会发现,模仿终究只是模仿——托伊德街、威尼斯街,以及瑞士画家广场,都和特奥多尔街,即凶手的藏身之处,同处在本市普拉特(Pratt)区的一个狭小区域内。以自动购票机的角度讲,从特奥多尔街到以上三个地点,都只需要购买距离在五个大站以内的短途票即可[①]。这种在某种程度上既省钱又贪图方便的初犯举动,很容易被警方看破[②],找到凶犯藏身之处的大概位置。

相反,对于"镰刀罗密欧"案,十五颗卫星的所在地横跨了本市的五个区。客观上看,由于此案在地名选择上的顺序性和唯一性,案发现场对于罪犯藏身地的暗示作用被严重削弱了。最主要的暗示"十一警察分局"也是由凶手所给出,警方完全不能凭借探案经验占得什么便宜,只得掉入凶手设下的地图陷阱中去。换言之,凶手完全掌握了主动。

这样看来,伯恩对"镰刀罗密欧"案的模仿,似乎只限于交通区划图上那部分而已。连线的目标之所以是"远山小径",恐怕也正如我之前说过的:伯恩没有带坎普尔去过远山小径游玩,将目标定在那里,只是他对女友未了心愿的慎重许诺而已。或许伯恩已经计划好,等到他将和"影子杀手"所砍下的一样数目的头颅丢进相应的垃圾桶之后,就会扔掉那把防火斧,挑选一个阳光明媚的日子,去兑现自己和坎普尔同去远山小径的承诺。

可悲的是,这个承诺却永远都无法实现了……

"十一警察分局"?

这个暗示究竟意味着什么呢?或者正如普莫尔副局长在会上所提到的,是"纯粹的报复行为"——报复我们分局?这样看来,凶手似乎是被本局逮捕过的犯人。

[①] 其中,到托伊德街恰恰是五个大站的路程,到威尼斯街以及瑞士画家广场则分别只有三站和两站。
[②] 历史上有名的连环杀人案,比如"开膛手杰克"案、克利夫兰的"无头谋杀者"案和新奥尔良的"意大利杂货铺连锁"案等,以及一些纵火案,警方都会考虑现场之间的宏观联系,这应该算是最常用的方法了。

那么，这个凶手是如何得到吕根曼先生的那柄刀的呢？又为何选择在每年的月圆之夜下手呢？

"切去头颅"及"三月的月圆之夜"，是存在于假设中的"吕根曼先生所为"的第一个案子和其余那几起"非吕根曼先生所为"的案子之间的联系。结合这点来看，很容易联想到：凶手也曾出现在凶案现场，甚至目睹了案件的整个过程！

我的脑中马上掠过一个人名——本达·布勒辛，本案的第一位目击证人。

第一目击证人自然最容易发现凶手遗弃在现场的凶器。或许本达先生事先藏起了在凶案现场发现的刀，等到他的嫌疑在短时间内被排除之后，因为目睹了恐怖的凶案现场，对他原本就因为某些不为人知的事情（比方童年时受到的虐待）而受过损伤的心灵产生了某种奇妙的影响，最终使他成为每年一到那个月圆之夜就无法控制住自己的连续杀人犯……

为什么他的目标会是十一分局呢？没有证据表明我的同事们曾在八年前的问询中给本达先生的心理或者生理上造成过某种程度的伤害——当然也不能完全否认这一可能。

哈，我又开始胡思乱想了……我点燃一支万宝路，开始给这一猜测寻找漏洞。

漏洞是相当明显的。卷宗资料显示本达·布勒辛先生没有任何不良记录，是一位典型的好公民。他有两个小孩，并且和父母亲住在一起。他家住在赫克托街十七号，一幢普通的高层公寓楼，一楼设有夜班守卫。从赫克托街到白天鹅桥之间的距离，用慢跑的速度计算，他每天大概五点半就得起床——如果他有早上淋浴的习惯的话就还得再早上一刻钟。

我们不妨以去年发生的"第二个周末的第二天"案来进行反

证。单就时间上而言，从赤莫尔区的赫克托街到离总火车站很近的欧斐利雅街，加上转车的时间，搭乘公共交通至少需要一个小时四十分钟①。由于戴尔德姆站只有N71一趟夜班公车（而且发车时间自两点之后竟然是一小时一趟），使得他从凶案现场到达此站，然后抛弃头颅回家的时间相应延长。按照我手头的本市公车／夜车时刻表来看，需要的准确时间是三小时四十二分钟——这还不算从家慢跑到公交车站的时间。

尸体是在当日凌晨两点半被片警发现的，当时从马萨海罗脖颈处流出的血液还冒着热气。我们尽可以假设他是在两点钟的时候被害的，而本达先生从现场回到家却需要四个小时。

换句话说，本达先生六点钟才能到家——这和他每日的起床跑步时间矛盾了。

当然，他可以使出很多诡计。比如不乘坐N71夜车，从戴尔德姆站跑大概一公里路到总火车站，这样就可以节约一个半小时。虽然这样难保不被巡逻的片警怀疑。

不过选择去年的案子作为反例几乎是没有说服力的。一九八四年在七年前，说不定本达先生早就没有了晨练的习惯呢？坚持晨跑十二年，在我看来并不是那么容易做到的。

但另一个漏洞相当有说服力。在一个六口之家里，想要独自隐瞒什么秘密，而且长达八年之久，几乎不可能办到。想想看，父母收拾房间的时候、妻子整理旧物的时候、孩子玩捉迷藏的时候，如果发现一柄满是血迹的东洋刀，会视而不见吗？

即使他做到了——比方他声称买了这样的一柄刀以作收藏，并且每次作案之后都将刀刃擦得干干净净。那么，公寓楼下的门

---

①零点之后，日班公共汽车收班，只能坐夜班公车。这类车车次很少，大概半小时一趟。

卫看到他深夜两点背着一个网球包或者拿着有报纸包裹的东西出门,就不会怀疑吗?而且,如果他每次都穿着一件雨衣挥刀,以免身上沾上血迹,那么这件布满鲜血的雨衣他会怎么处理呢?

他可能会烧掉、洗干净、埋掉,总之,这类东西警方一次也没有找到过。

门卫方面,他可以假装说自己喜爱看午夜场电视剧,等到家中其他人都睡下的时候,他就下楼出去买烟(电视最好设定为九十分钟自动关闭,妻子如果偶然醒来发现找不到他,也可以推说是去买烟了。这种小事主妇们不会到处说,也不容易引起人们的怀疑)——刀当然预先藏在了外面。办完事之后,他先躲在公寓楼外面的某个隐蔽角落暗中监视夜间门卫,等他去厕所或者开小差的时候,他就有机会偷偷地溜进楼梯间了。

不要担心用钥匙打开房门的声音,本达先生大可以说晚上他负责锁门。出去的时候只需用胶带将锁闩封住(这样门就锁不上了),然后塞一小张叠起的报纸到门缝里,这样门就不会被吹开——也不会被起夜的某位家人发现。

这小小机关,等到他当天"按时"起床晨练的时候再顺带处理掉就行了。

他甚至不用躲开门卫,他可以使用公寓大门的钥匙,从地下储藏室的防火门悄悄出去。

看起来好像是真的,不是吗?很显然,本达·布勒辛先生不太可能是凶手。上面的说法包含了太多的假设,而证据却一丁点儿都没有。以上那番逐步推进的假设中,只要有一个环节不成立,那么,"本达·布勒辛是'镰刀罗密欧'"的说法就随之土崩瓦解了。

事实上,"本达·布勒辛"这个名字可以换成任何和本案稍微有关，甚至完全无关的人——只要假设牵强一点，谁都可以是"镰刀罗密欧"。甚至我都可以。

请大家相信，我举这个看似不相干的例子，并不是我已经无聊到了只能玩空想式推理的地步。我只是想说明一下，"镰刀罗密欧"极有可能是单身，而且住在一栋没有夜间保安的公寓里（或者有自己的房子）。他很可能曾在一九八四年案发当天出现在凶案现场附近，可能并不认识刀的原主人，并且跟十一警察分局之间有着不可分割的联系（或者说是仇恨）。

此外，他很可能对天文学存在浓厚的兴趣——一九八四年就对天王星的卫星感兴趣的天文爱好者肯定不多，一九八六年倒是有很多人因为媒体热炒"旅行者二号"而加入天文爱好者的行列。虽然到了今天，这股热潮早已退去，但由于电视等媒体的大力宣传，和天王星卫星相关的知识如今已是常识。不过今天的常识，在一九八四年却是为天文爱好者及天文学家们所独有的专业知识。

他的家里可能有一部业余水平的天文望远镜，以及一堆陈年的天文学杂志。他也有可能完全不熟悉莎翁或亚历山大教皇的作品，就像我原先并不知道金星之所以叫作阿弗洛狄忒[①]，是因为它在九大行星中最亮一样。

他熟悉本市的交通区划图，我们可以假设他经常乘坐公共交通。他可能没有自己的车，这样一来，他很可能也没有一栋属于自己的房子。

他必定很关心时事——这点可以从德里克片警案中看出来。他可能订阅《自由先导报》，也可能只是在工作地方的读报栏里

[①] 此为希腊语译名，巴比伦语是 Ishtar。

拿报纸看，这点与一个没人帮忙准备早餐的单身男性身份十分契合。

我暂时将他界定为一个单身的男性上班族，工作表现平平，没有多少升迁机会；他酷爱天文学，关心时事，没有属于自己的车，住在一栋没有夜间警卫的便宜公寓里。

我承认，我所总结出来的这些倒很像我自己的素描画。

我很庆幸没有将这些猜想也写进那份报告里去……

第四章 火造

第一节 决 定

"简直是招骂的行动！这帮没人性的……"

"呵，人命换人命，他们倒冠冕堂皇。"

"嘘——小声点，这可是二级保密的东西。"彼特菲尔德显得很紧张。

今天已经是三月十六日，还有最后三天了。

彼特菲尔德带来的消息似乎千真万确，也符合高层开会时所表现的"逻辑"。

但我却怎么也不愿意相信，上周的会议上，他们竟然会让那样的计划通过！伊塞尔那家伙还得意地宣称这计划堪称"完美"。哈，那的确是一个"完美"的杀人计划。

放弃封锁碧安卡街一带，仅派一个便衣特警小队全力埋伏弗若尔街公车站。

这样做的理由明显且充分。首先，一个人数低于八人的特警小队，即使武装到牙齿，也不需要预先通知六分局（只需在行动之后的一个月内向他们递交一份报告就可以了）。这样一来，六分局就和此案完全没有关系了。

总局自然更加无从知道。于是，侦破"镰刀罗密欧"案的功劳，就顺理成章地被十一分局独揽了。

其次，这样做避免了大规模封锁所带来的弊端。"镰刀罗密欧"八年了都还没有被抓住，相信他的"嗅觉"一定非常灵敏。大批警察带来的危险气息他不可能察觉不到。因此，如果采取我先前提出的计划，凶手甚至可能放弃今年的作案计划。如此一来，不但抓不到凶手，十一分局恐怕还会因为擅自发动大规模无效封锁行动而受到来自总局以及舆论的指责。

彼特菲尔德所泄漏的这个据说是"来自计划执行人员"的本局二级保密计划，显然是最有效率的，同时，抓获凶手的成功率也最高。在将功劳看得高过一切的本局高层眼里，这计划当然"堪称完美"。而全面封锁的建议，在他们看来恐怕就是无法理解、低效率高风险、"愚蠢透顶的"计划了。

但这样至少可以救回一条无辜的生命啊！埋伏在弗若尔街公车站，等着罗密欧带着人头送上门来——哈，这简直就是拿生命做诱饵：这该死的计划！

中午的休息时间总是太短，闲聊在众人一致的抱怨和指责声中匆匆收场。我知道，这呼声最终也是无力的，正如同舆论的抱怨和指责也改变不了既成的事实，还会随着时间的流逝而烟消云散一般……

"咳，年轻人，年轻人，有什么好烦恼的？"

闲聊结束之后，老吉姆却并没有急着回档案室。他走过来，坐在了奥鲁的位置上，递给我一杯热腾腾的、显然是刚打的咖啡。

"谢谢，老吉姆……"我接过咖啡。

平时熟络的人里面，此刻和我一样无所事事的，恐怕就只有老吉姆了。按照我们"爱喝咖啡的档案自动查询器"朋友的说法，离他"不劳而获"的日子也只剩下四天了。

"文泽尔,我说,那个案子,你做的已经足够了。嘿,我当然知道那个计划就是你在我的档案室里忙出来的……还会是谁呢?那可是个好计划!"

"你是在嘲讽我吗,老吉姆?你认为我也是一个会用无辜市民的性命去换取些什么的卑劣探员吗?嘿,他们放弃了碧安卡街,我可不会放弃!我偏要在那儿逮住那家伙,然后再亲手将他送到弗若尔站去……"

老吉姆没理我,喝了一口手中的咖啡。

我承认我这时候是在发脾气——多么不成熟的行为!我当然知道老吉姆在等我的情绪平复下来。他是了解我的,早在我因为上个案子而向他抱怨的时候他就用他的方式劝过我:"知道狮子死的时候为什么那么安详吗?那是因为它们有一双豁达的眼睛……"

而在这个案子中,不到一个月的时间里,我就已经对梅彭、罗德、定下这个计划的本局高层们,甚至眼前的老吉姆,这么多人生过气了。我根本算不上狮子,顶多是一只有些聒噪、自以为聪明的狐狸。

但这只狐狸是一定不会让一个无辜的生命消失在碧安卡街的。

"好了……或许你可以那样做,年轻人。不过,你大概得事先准备好辞职报告了——那鲁莽的暂定计划可违反了二级保密规定!"老吉姆又呷了一口咖啡。

"我今天就写辞职报告。你让我做了决定,老吉姆。"我摸了摸佩枪。

"别把责任推给别人,你早就决定好了,不是吗?"老吉姆冲我笑笑,"不过,你还需要一个帮手。"他笑得意味深长。

"你是说你吗?别开玩笑了,老吉姆,我可不想让你在退休的前一天被炒掉。"

"瞧瞧,年轻人,我有那么笨吗?放心,当'镰刀罗密欧'被送到弗若尔站的时候,我不会留在你身边的。嘿,你知道吗,我也干过探员!别瞧不起老家伙……"

老吉姆将咖啡喝光,站起身。

"不过,我还有点事想请你帮帮忙。嘿,你待会儿会来档案室的,对吗?我猜,你那报告肯定也会在我这儿完成。"

"好的,我一会儿过来……嗯,谢谢了,老吉姆。"

"嘿,年轻人,我早说过的,试着放松一下吧!哈,我也是时候要退休了。好了,文泽尔,一会儿见……"

老吉姆离开了办公室,我则点燃了一支万宝路。

想想看,其实早在彼特菲尔德"泄露"那糟糕透顶的二级保密计划的时候,我之后会做的事就已经定下来了。这不是和上次的情况差不多吗?我的心情,老吉姆当然理解,这个老好人……

无论如何,我就当一次狐狸吧——起码懂得拯救人命的狐狸要比装死的狮子强些。

第二节 委 托

"为什么要委托我呢?你自己寄过去不就行了?对了,这是什么类型的小说?"

我拿着老吉姆交给我的那个已经写好地址的厚牛皮信封——可以想象得到,里面是一大摞写满规整文字的稿纸。

"还能是什么呢?一个老探员,一个老的卷宗管理员还能写出怎样的小说?你看看那地址也该知道了。"

我马上就看了看信封上的收件地址:

夏哀·哈特巴尔先生
《自由意志报》副刊,大众侦探专栏 编辑部
橄榄街四三一号十二楼〇〇三室
F6254 自由意志市

"侦探小说?"我不能不感到吃惊,因为那正是我辞职之后打算做的事情之一。

"嘿嘿,想不到吧!文泽尔,你以为我会写些什么?这东西可花了我不少精力。"老吉姆笑着说。

"你该给我们看看初稿的!老吉姆,你竟然还是个作家!我

就知道，你在闲聊时讲的故事总能吸引所有人的耳朵。"

"说不定不被采用呢……我倒很希望，在退休之后，还能坐在你们这群年轻人中间讲讲故事……"

老吉姆在不好意思之余似乎又有些许感伤，我不知道是否即将退休的人都会这样，我也不知道该用怎样的话语安慰他，谈话也因此开始产生些许令人窒息的感觉。

老吉姆当然不会让这不好的感觉就此维持下去。他看看我，给了我一个惯常的吉姆·华特生式的笑容。

"哈，你可别以为我是在玩弄感伤……文泽尔，你跟我，你要辞职了，而我马上退休。但你知道我永远都不会放过闲聊时间的，所以，说不定下次我还会到局里'义务上班'的。那时候你可千万不要缺席！"

"啧，那是当然——嘿，'义务上班'，我一定会按时参加！"

"这不就对了！年轻人，我说过的，放松一下，生活就非常美妙！"

第三节 绝 望

"月亮又要圆了,月亮又要圆了……"

"嘿,'六一七三一',那蠢女人又给你寄东西来了。"

梅彭打开锁着的狱门。天阴沉沉的,坎普尔蜷缩在七〇九狱室的角落里,身上紧裹着棕色褥子,不住地小声念叨着。

梅彭进来了——她不由得看了坎普尔一眼,那熟悉的、日积月累的恐惧让后者迅速地偏过头去,脸颊紧贴着粗糙的水泥墙壁,身体不由自主地发起抖来。

"月亮又要圆了,月亮又要圆了……"

"安静点!你这疯癫的女人,我可带着你最爱的针筒呢。如果你再吵吵嚷嚷的,小心我让你永远睡不醒!"

坎普尔显然明白了梅彭的话。她没再发出一点声音,只是身体依旧不停地颤抖着。

梅彭满意地笑了笑,开始拆那个包裹。

一本当月的《视点》杂志、两包骆驼香烟、一大板林德特(Lindt)的榛仁巧克力,以及一本简装版的《老人与海》……梅彭将这些东西从包裹里取出,依次放在坎普尔的小桌上。

"哈,这回的东西格外少啊!喂,疯女人,你不会让那个蠢东西每次给你多寄点吗？你这个不讨人喜欢的家伙……喂！我说你呢！你这讨人厌的丑东西！"

梅彭大声责骂着，用脚使劲儿踢了踢裹着棕色褥子的坎普尔——坎普尔立即像一只受到惊吓的流浪小猫一般，整个儿缩进了褥子里。稍等了片刻，又慢慢地将紧裹的褥子整理出一丝缝隙——她可以从这点缝隙中勉强看到梅彭的一举一动。

"嗟，你不是曾经张狂得很吗？"梅彭说着，将那一大块巧克力折成两半，咬了一大口，把剩下的塞进制服口袋里，"你以为你是什么东西？还敢当着那个小探员的面说我的坏话。你以为有人能罩住你？我告诉你，你的苦日子还长得很。你这傻女人，你要享受的东西还不少呢！"

梅彭朝坎普尔的褥子上吐了一口唾沫，将一包骆驼烟放进口袋里。另外一包拆开，取出两根扔在地上，其余的也放进了口袋里。

做完这些之后，她拿起那本《老人与海》，随便翻了几页，就故意使劲儿向坎普尔那边甩去。书脊正好打在缩在褥子里的坎普尔的额头位置，一定很疼——褥子明显抖动了一下。

"记住！你这该下地狱的荡妇——下次那蠢女人来看你的时候，叫她多寄些东西来。哈，你以为你这么容易去特殊狱房享福吗？告诉你，那报告还锁在我的抽屉里。你不是盼着我退休吗？那可不是'就那么几天'——是半年零九天！你挂着日历好好数着，那可是半年零九天！"

梅彭有些歇斯底里地咆哮着。不过她自己似乎也觉得有些过分了，换上了稍温和些的口气，继续说道："听着，奖励你这几天的表现。你的'强制隔离'明天就取消了。那蠢女人在电话里问过好多次，絮絮叨叨的快把我们烦死了！她明天肯定会来探监的,你就照我的意思说——听到没!让她多寄些东西,别寄书了……就说你不爱看。"

那褥子包裹下的身体又很明显地颤动了一下。

梅彭笑着,把那本《视点》杂志也塞进了裤袋里。

"你不听话,就有你好受的!"她威胁道。

"你可是我们的香烟……"

梅彭锁上了七〇九狱室的门。

"月亮又要圆了,月亮又要圆了……"

如游走的魂灵一般,这声音又从虚无中响起……

第四节 逼 近

"哦,那天又要来了吗。这么快吗,这么快……"

老人坐在扶手椅里,身旁的壁炉火焰惨淡,映得老人如同颓败的枯枝,却在对面的墙上投下了巨大而恐怖的暗影。间或有火星噼啪作响地从火焰中迸出,随即力不从心地消逝在黑暗中。

五十一岁的吕根曼·霍费尔先生,在这渐暖的春意中却时时感到严冬般的寒冷。他隐隐约约觉得,这正是生命在迅速凋谢的讯号。

"你后悔了吗?我的主人。"站在一旁的罗德这时突然问道。

"谈什么后悔不后悔呢?罗德,都已经这样了……你知道,那是属于我的魔鬼——是我打开了潘多拉的盒子,现在却又无能为力……"

"其实那样最好。即使他们抓住了那家伙,也不一定能查到我们做过的事情——哈,那人肯定会反抗,枪声会埋葬一个永远都不会有人知道的秘密。"

"不,罗德。我倒希望他能够将一切都说出来——我受够这种日子了……我受够这个家族了……我怎么这么没有胆量。我拥有的一切都无法弥补我失去的,我的伊丽泽,我的整个生命,全毁在了一些可笑而虚妄的家族传统上。"吕根曼先生面无表情地倾诉着,好像正叙述着发生在别人身上的事情一般。

"主人,您遵守了家族的传统,这才是该值得骄傲的。伊丽泽会原谅你的。"

"胡说!"听到这话,别墅主人竟一下子激动起来,"那是我的女儿!亲生女儿……她爱着我,我却将她的生命强行掠走。仅仅是为了保全我自己的性命……谁会原谅我?谁都不会!她更不会!不可能会!"

这突如其来的冲动进一步耗损了本就勉力支撑着的少许生命——吕根曼先生的声音一下子衰弱,似乎他今生都再也无法用刚才那么大的声音说出任何一个词了。

"别人会怎么说?咳……吕根曼·霍费尔,一个正直的人,杀死了自己的女儿……哈,这可真是个天大的笑话!"别墅主人恢复了刚刚那种面无表情的样子,只不过声音比刚才更低些,也更微弱了。

"是啊,是啊,我的主人,您真是令人感到失望……"管家罗德胡乱地附和着,给别墅主人递上了一杯水。

"连你也这么觉得吗?我忠诚的罗德,你也觉得我令所有人失望了吗?那么,罗德,你认为我现在还能如何补救呢?"

"太迟了,我的主人,什么都太迟了!如果他们这次能抓到他——我想,您是时候做个决定了。"

"你明白我的心意,罗德,你知道的——就算这次,那个魔鬼再次得手了,我也还是会做个决定的。你放心……"

"您不立下一个遗嘱吗?您知道的,伊丽泽已经不在了,董事局的那帮家伙难免会吵个不停。"

"唉,那么麻烦。原来的已经作废了,现在的又还有什么意义呢?罗德,如果你愿意,我甚至可以将这里的一切都送给你——我现在对什么都无所谓了。我不想再去想什么董事局，我死以后，他们想怎么样就怎么样吧。"

"如您所说的，我的主人。"

"好了，罗德，你退下吧。我想一个人静静……"

"好的，我的主人。"

管家消失在黑暗之中。吕根曼·霍费尔微眯着眼，整个世界随之混沌起来——仿佛一直如此一般……

第五节 安 眠

"娥蔻，娥蔻，你睡着了吗？"

"嗯，没有呢，爸爸，还没有……"

"你还抱着妈妈吗？"

"嗯，我会轻轻的。爸爸，爸爸……妈妈的身上暖暖的呢！妈妈的呼吸很均匀，你知道，妈妈会给我讲故事呢！"

"哦？妈妈给你讲了什么样的故事？"

小娥蔻想了半天，然后有些沮丧地回答："我不记得了。妈妈讲了很多，在那朵粉红色的云朵里——可我不记得了。"

"呵呵，没关系的，小娥蔻——我的乖女儿，你只是想不起来，可并没有忘记啊！说不定，明天早晨你一起床，伸伸懒腰，就想起来了！"花匠哄着女儿。

"嗯，我想也是。爸爸，爸爸……"小娥蔻撒娇地叫着。

"有什么事吗，我的乖女儿？"莱蒙德轻轻地回答。

"我要听故事，听着故事才睡得着。"小娥蔻认真地说。

"好好好……嗯，我给你讲创世周里发生的故事，好吗？"

"那些早就听过了。"

"那就讲'会飞的鲱鱼'。"

"不要，不要！那故事太短。"

"那么，我可爱的女儿，你想听什么样的故事呢？"

"嗯，我想听爸爸……和妈妈的故事。"

莱蒙德一下子沉默了。他用粗糙的大手抚摸着女儿的小脑袋，犹豫了一下，小声地回答道："娥蔻乖，爸爸妈妈的故事太长，能换一个别的吗？"

"不行！你老这么说……今天我偏要听爸爸妈妈的故事——你从来都没有讲过！"小娥蔻固执地摇动着小脑袋，水亮的大眼睛眨也不眨地看着莱蒙德。那目光他经受不住，女儿似乎马上就要哭出声来。

在这个问题上，再小的孩子都是十分敏感的。

"嗯，那好，今天就给你讲爸爸妈妈的故事。不过，听完你可得好好睡觉哦！"年轻花匠拗不过女儿，总算是答应了。

"嗯。"女儿收回了目光，重又回到母亲的怀里。

"好多年前，那时候，爸爸做了一件错事……"

"爸爸也会做错事么？"小娥蔻对所有的细节都好奇。

"谁都会做错事的。"

"哦。"

"爸爸做的那件事，本来也不是爸爸的错——有一个坏人……嗯，他把爸爸的……一个好朋友……给藏起来了。"

"你们在玩捉迷藏吗？"

"嗯，算是吧。那时候，爸爸因为好朋友不见了，非常非常地伤心。这时，神听到了爸爸的哭泣声，于是就派下了一位仙女，这仙女长得非常非常美丽，也十分十分善良。神打算派她来修补爸爸心中的创伤……"

"这仙女就是妈妈吗？"

"继续听下去你就知道了。"莱蒙德给小娥蔻整了整被子。

"仙女努力修补着爸爸心中的伤,但因为爸爸心中的伤太深太深,怎么也修补不好。仙女就哭了,整日整日地哭泣。直到一个小仙女降生之后,她的眼泪才逐渐变得少些。

"神看见爸爸心中的伤口怎么也修补不好,就开始怪罪那位仙女。神派出了乌云和雷电,将我们的花园笼罩在了暴雨之中。

"爸爸和仙女没日没夜地抢救花草。你不知道,那雨水被神施下了诡异的咒语,淋在仙女的身上就会吸取她的生命。仙女却怕爸爸担心,不肯告诉爸爸,任那雨水吞噬她的生命。直到最后,雨水耗尽了她的力气,封印了她的灵魂,她倒在了白丁香丛中,再也没能醒过来。

"是啊,小娥蔻,那就是你的妈妈,是我一辈子也补偿不了的人。"

这本该很长的故事却被年轻花匠讲得很短很短,但无论如何,在这故事讲完的那会儿,小娥蔻——她贴紧在母亲的怀抱里,不知什么时候已经睡着了……

第五章 烧人

第一节 埋 伏

"嘿,老吉姆,你迟到了。"

一九九二年三月十八日,晚上十点过五分,汉堡广场地铁站。

"抱歉,文泽尔,错过了一班车。"

老吉姆背着一只狭长的奇怪书包。这是我们事先商量过之后,最终决定让他去找朋友借来的(谁让他才有热爱打高尔夫球的朋友呢)。我们打算逮住凶手之后,用它来放置凶器。

"喂,我说,老吉姆,这包可不太像高尔夫球杆袋!你从哪儿借来的?"

"嘿,业余的球友用的也是业余的袋子。我的朋友里面没有富人,他们就算是用渔网来装球杆也不稀奇!"老吉姆拍了拍那个狭长硕大的白色帆布袋,和我打趣道。

"行了,老吉姆,我们还是再来温习一遍作战计划吧。"

我拿出本区的街区地图,碧安卡街那部分已被加上了很多记号。昨天,我们曾到这里实地勘查过,然后标出了所有的开放停车场、地下通道、公车及地铁站。所幸碧安卡街并没有那种动辄横跨几条街的街心花园,使我们的工作量减轻了不少。

为了今晚的行动,我还额外制作了一份看上去更加简明的示意图。

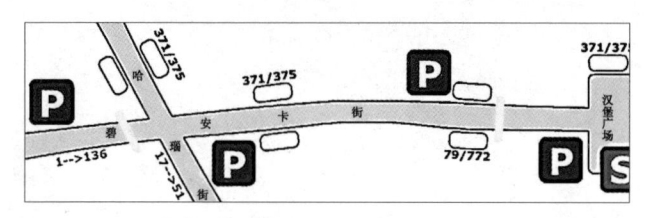

碧安卡街示意图

这份示意图看上去确实不怎么美观——我用制作书签用的字母贴纸、空白的磁带标贴以及灰色的纸胶带完成了这份拙劣的手工课作业。代表地下通道的金黄色部分甚至就取自烟盒上的锡箔。虽然麻烦且不讨好，我还是弄出了两份，看起来稍好点的那份给了老吉姆。

从这张特别制作的示意图上，我们可以清楚地看到，碧安卡街一共有四个开放停车场（用字母P代替）。其中，靠近街首的停车场是"福里克"[①]连锁超市的顾客停车场。众所周知，自由意志市的超市最迟也只开到晚上八点钟。停车场附近既没有生意好的通宵酒馆，也没有彻夜营业的赌场或是旅店——前两天夜里我们特意再次考证过。因此，九点之后（即超市的工作人员下班之后），这个停车场就不会再有车辆进出了。

在碧安卡街上三七一和三七五路公交车站旁的那个开放停车场，原则上是专属于该街二十九、三十一和三十三号这三栋由伊萨拉勒物业负责的公寓楼。但实际上，街对面的三十、三十二、三十四，甚至三十六号（这几栋楼则是恩戈布物业负责的。这两家物业公司在本市的其他住宅区也争斗得难解难分）的一些租户，为了省下停车位的年租，也将自己的车停在这儿。这完全是

[①] 即Flic，法语中"警察"的意思。

由物业公司在建楼之初所犯下的错误造成的，伊萨拉勒的三栋楼加起来只够容纳区区五十户住户，却设置了将近两百个地下停车位！

相比之下，靠近七十九和七七二路公车站旁的那个停车场，停车位的数量就要少上许多。这个由街头篮球场改造而成的露天停车场，只能容纳少得可怜的十六辆车。停车者多半是住在附近、自家车库不够用的居民。

汉堡广场旁边的露天停车场则要稍大一些。大概是由于邻近地铁站（用字母S代替），这个停车场的车位总是十分抢手。停车者清一色是在哈瑙街的几间办公楼里办公，但住得比较远的有车阶级。为了省下汽油钱，他们选择搭乘地铁完成大半的上班路程，而仅在从地铁站到上班地点的那段路上开车。能够得到一个汉堡广场停车场的停车位，对这群懒得迈动双腿的人而言，无疑十分重要。

以上的这些，早在我交上那份《关于三月连续杀人案的重要报告》之前就已经调查过了——本来是为了方便上级部署警力而做的准备，现在却成了自己的行动指南。

原本应该由很多人分摊的工作，现在却仅仅由两个志愿者担当了。

我让汉迪克帮我请了两天病假；而老吉姆干脆直接将自己的签到卡拿走了。反正本月底也没人会将他的签到卡拿去做统计，看他是否够格拿这月的全勤奖金。

周二一整天我们都在忙碌——我们几乎敲遍了二十九号至三十六号的所有房门，并向居住在碧安卡街七十九和七七二路公交车站附近的居民们发出了警告，让他们在十八日的夜晚不要随便外出，并且一定不要回来得太晚。我们不停地出示自己的警章,以证明我们并不是哪里来的蹩脚推销员。到最后,我甚至一直都拿着警章——这天,我第一次感受到了警章的分量。

我们也联系了当晚巡逻碧安卡街的片警,六局的瓦勒·凯勒尔(Wale Keiler)——他是个靠得住的人。我们提出,由他负责盯住靠近哈瑙街的那条地下通道以及福里克超市外的顾客停车场,他高兴地答应了,并说他会拉上两个要好的同事一起巡逻,叫我们不用担心。

事实上,瓦勒负责的部分几乎没什么危险。根据我之前的调查,那一块儿过了午夜基本上就没人会去了(谨慎的"镰刀罗密欧"肯定也调查过这条街,他大概也不会选择这类很可能等不到任何猎物的地方下手)。

老吉姆则负责盯住碧安卡街上七十九和七七二路公交车站旁及汉堡广场旁的露天停车场。住在这一区域的居民普遍比住在伊萨拉勒物业地下停车场附近的更乐于合作,加上广场停车场在下班期间的车位争夺之后就不再常有车辆进出,而且广场上有专门负责夜间巡逻的巡警小队——老吉姆的工作量似乎也不是太重。

需要担心的当然是隶属于伊萨拉勒物业的地下停车场。这里的半数住户并未对我们敞开家门,即使我们出示了警章也无济于事。恩戈布物业的那几栋公寓楼里有不少在普瓦特街纸盒厂工作的夜班工人,他们会在车窗上贴上"纸盒厂夜间通行证","镰刀罗密欧"如果在调查时注意到了这点,此处的地下停车场自然就变成了挥刀的最佳场所。

这地方自然是由我负责。

我会在接近十一点钟的时候巡查一遍整个地下停车场,以确定没有人事先躲藏在里面。之后,我会藏身在停车场最上层的一个可以监视停车场出入口的角落,静静等待客人的到来。

我并没有忘掉靠近汉堡广场的那条地下通道——事实上，那才是老吉姆需要重点监视的地方。这样看来，他的工作实际上也并不轻松。

地下通道设在一处看上去就不怎么安全的地方。通道一侧的路灯坏了，正对着通道出口的，是一家晚上六点就早早关门的小面包店。而面包店两旁，连着几栋都是让房地产经纪人头疼的卖不出去的空屋。

另一个出口斜向左一些，在灌木丛很茂密的地方，有一个破落的公用电话亭。电话亭旁有一台自动贩烟机，焦油爱好者们在夜间对烟草的强烈渴望显著地增加了"镰刀罗密欧"选择此处的可能性。

为了方便联络，我们向交通部的同事借了两只看上去比较小巧的对讲机。由于老吉姆并没有佩枪，当他看见可疑人士之后，唯一能做的，就是用对讲机给我发出信号。老吉姆和我都很担心这点，因为在我赶过去的当儿，"镰刀罗密欧"尚有充足的时间挥刀。

"哈，如果我还是探员……情况就不一样了。文泽尔，你说，我空手能不能制住他？"

我摇了摇头——面对一个手持东洋刀、嗜血而冷酷的"影子杀手"，那实在是太冒险了。

考虑再三，我们不得不又联系了当晚负责在汉堡广场巡逻的巡警小队，他们表示愿意协助这次"缉拿夜间抢劫惯犯"的行动。（这次我们不得不撒谎了。这样的大事，他们肯定不敢不上报，况且，汉堡广场是归五局管辖的，我们也不想让事情过分复杂化。）这样，老吉姆在看到可疑人物的时候，只要直接通知他们就可以了。

巡警小队的队长还表示，他们可以额外抽调一个人来协助老吉姆的工作。我是很愿意这样的，没想到老吉姆竟一口回绝了。

"没事！年轻人，我一个人就够了——别瞧不起老家伙。"

老吉姆对自己的坚持显得扬扬自得。

第二节 诀 别

目前为止，一切都还在按照计划进行着。我躲在那个没人能发现的角落里，紧张地留意着地下停车场唯一的出入口处。一个显然是纸盒厂工人的大个子刚刚过来取过车，十一点四十二分，车驶出停车场时我看了一下表，逼近零点的指针让紧张的气息愈加浓烈。我不由得咬紧了下嘴唇，也不知老吉姆那边的情况怎么样了。

这大半个月来，如影子般环绕在我生命中的这个谜一般的连环杀手，他究竟会以怎样的面貌出现在我们面前？是否真如老吉姆在故事中所描述的，是一位穿着笔挺燕尾服、绅士模样的年轻人；或者竟是一个猥琐可笑的糟老头子？如果按照我之前的推理，他应该是一个平凡得不能再平凡的上班族。让这样的人充当"镰刀罗密欧"的角色，我的心里竟会有些许失落。我得说，尽管自己不愿承认，但我还是在期待着什么——伯恩崇拜着、坎普尔害怕着的那个恶魔，那个地狱派来的使者，若他竟长着一张平凡无奇的脸，这是否会令人感到难以接受呢？

但就在这时，所有的思绪都戛然而止。出入口处，我能看到的那一小片被月光照得异常冰冷明亮的路面，正迅速被一种流动着的黑暗所吞噬：那是人的影子！它悄无声息地前来，直到将透过那道门所能看到的那点冷亮的路面完完全全遮盖。

影子的主人此刻正站在门口。借着门和那并不高大的身躯带来的明暗交织的强烈对比,我能看见,我看得很清楚:他背着一柄长长的东西!

是他了!我等待的人!

我的手放在佩枪上——手心已满是汗水。正在我等待他下一步行动的时候,他竟然先说话了,是我熟悉的声音:"文泽尔,你那边怎么样?"

是老吉姆!他怎么过来了?

我正打算从藏身的地方出来,却看到他冲我这边摆手。

"别出来!我这就过去,你等着……"

老吉姆走了进来。

这黑暗空间里的气息忽然就没刚才那么紧张了。

"老吉姆,你怎么来这儿了?不管那边了吗?"

"没事儿的!嗨,那个小队还是派了个年轻人过来,他们根本就不考虑我的感受!那个傻愣愣的小伙子,我和他没什么话说,就把对讲机给他了。"

老吉姆在我旁边坐下,从背后的袋子里取出一个小保温瓶,旋开盖子。

"咖啡!文泽尔,出门时准备的,现在温度刚刚好。"他倒了满满的一小杯递给我,"喝一杯吧。今晚还很长,不补充点,精力也撑不住。"

我点点头,接过他递过来的杯子。一边喝着,一边仍注视着停车场的出入口。

咖啡很苦,似乎完全没有加糖。这味道不似警局里的淡咖啡,扩散在舌尖上,有一种雅致的、十分奇妙的杏仁苦味,又似乎掺杂着某种野花的芳香。

　　喝着喝着，我惊讶地发现——我渐渐拿不动那只小咖啡杯了。我转过脸来，想要问老吉姆这究竟是怎么回事，可我却像被冲上岸来的软体动物一般，动也不能动了。

　　伴着一声轻响，小咖啡杯落在地上。

　　在我逐渐丧失意识的那几分钟里，我看到老吉姆平静地将咖啡杯拾起，用随身的手帕仔细地擦了擦，又放回到那个长袋子里。做完这些，他看了我一眼，从长袋子里面取出一样东西。

　　那是一柄刀！

　　我什么都明白了，但又什么都说不出来——咖啡里的花香味异常迅速地掠夺着我残存的意识以及感知能力。我渐渐看不清了，只听见似乎是刀出鞘的声音，那声音深邃而通透，我霎时间想到，我可能马上就要死了。

　　刚好这时候，我隐约听见老吉姆对我说——说话声仿佛是从无限遥远的地方传来的。

　　"我也该退休了！谢谢你，文泽尔……"

　　最后是刀回鞘的声音

　　——那声音，将世界彻底关进了虚无……

第三节 狮 子

"啊啊啊啊啊啊啊——"

在乌云短暂的挣扎之后,满月的月光如潮水般淹没了七〇九狱室。坎普尔躲在角落的阴暗里,发出了凄厉而绝望的哀鸣。

奇怪的是,邻近狱房的住客们并没有因此而弄出半点不和谐的响动,除了坎普尔的哀鸣之外,四周的静寂如同死亡一般。她们或许是习惯了,也或许只是睁大惊恐的双眼,害怕得发不出一丁点儿声音来。

但这和谐终究还是被打破了。渐渐地,走廊里开始传来带着睡意的咒骂声,配合着哀鸣的节奏,那声音迅速地逼近七〇九狱室。

"该死的!这女人彻底疯了……她是想死了!这该死的!"

梅彭不自觉地握紧了电棍,同时还惦记着口袋里的针筒——那剂量可是史无前例!想到这里,梅彭莫名其妙地笑了。她正兴奋着,对她而言,那是一种能够在施虐中才能得到的特殊快感。

她隐隐约约地觉得,如同抽烟一般,她对这种快感已经有依赖性了。

剩下半年的时间里,她必须尽量享受……

这样想着,梅彭打开了七〇九狱室的门。推开狱门的时候她才发现,一不留神之间,那哀鸣声竟然随着她刚刚咒骂声的短暂停止而消失了。

蠢东西,害怕了吧……那是当然。她想。

她打开了警棍上的电击开关,咬了咬牙,走进了七〇九狱室。

她一眼就看到了角落里的棕色褥子。

"哈!再叫叫看啊!你这疯荡妇——"

谁见过比这还狰狞扭曲的面容?梅彭几乎是冲上前去的,高举着的电棍此刻毫不犹豫地挥了下去,几乎用上了全身的力气。

电棍竟扑了个空,由于没有着力点,梅彭很狼狈地扑倒在坎普尔的床铺上,棍子正触在自己的右肩,一股针刺般的剧痛传来。

她赶紧将手中的电棍甩开。

眼前的棕色褥子就势滑落下去。里面是一大摞厚薄不均的书,以及一只刚刚被警棍打落下来的枕头。

梅彭惊讶得说不出话来——不!她已经说不出话来了。坎普尔正趴在她身后,用一根满是锈迹的铁丝勒住了她的脖子。

"嘘,梅彭,别吵了……我正梦见狮子呢……"

铁丝越勒越紧,狱警梅彭的头颅垂下的那一瞬间,还来得及看到床铺上堆着的那摞书中最上面一本的书名——

那是一本简装版的《老人与海》。

第四节 终 结

老人细细端详着黑檀木刀架上的那几个名字。

台灯的光线在刻痕上留下了重重阴影,使这几个名字显得立体而错落有致。

佩尔玻娜(Verbena)
露歇儿(Luscher)
卡蕾拉(Carrera)
卡罗莉娜(Karolina)

老人抚摸着这些刻痕,仿佛在翻阅霍费尔家族长达数百年的历史。

家族的历史从字母的缝隙之间缓缓溢出、扩散,逐渐沸腾成一种缥缈的声音,传入老人的耳中。

这都是些美丽的名字呢!——但背叛和死亡却总给人不好的印象,不是吗?

实际上,它们也不是完整的名字——只算是一些不全的称呼,一种对不忠女人羞耻历史的惩戒和客观记载罢了。背叛丈夫的女人又怎配被冠上"霍费尔"这个荣耀的姓氏?她们最后被赐予死亡，已算是家族给她们的最大宽恕了。

看看这个名字：卡蕾拉。这是有记载的，一个在一百多年以前背叛了麦尔登·霍费尔爵士的荡妇的名字，她甚至为情夫生下了孩子！

还有这个，我的小吕根曼，露歇儿，一个看上去很纯洁的名字，不是吗？她却是个连修士也不肯放过的放荡女人。

佩尔玻娜，佩尔玻娜……这是谁呢？哦，抱歉，小吕根曼，我也记不清她是谁了。反正她背叛过家族，她死了——她到底做过些什么又有多重要呢？

哈，这个！卡罗莉娜，这不是你的耻辱吗？吕根曼·霍费尔，我们真对你失望！你抛弃了家族的传统，无论是精神上还是形式上。唉，你还造就了一个屠夫，亏你还称得上是骑士的后裔，这真算得上一种滑稽的侮辱……

"可我没有……我当然是最最忠诚的，你也看到了，那名字是我刻下的，为了家族，我甚至失去了自己的女儿，我——"老人用孱弱而嘶哑的声音争辩着。

够了！看看你的软弱，你的可笑和愚蠢！你娶了一个丢尽名声的荡妇，教养出一个勾引花匠的女儿……甚至你自己，都称不上是一个光明磊落的人！

听到这里，刚刚还急着争辩的老人，脸上竟泛出了些许笑意。

"嘿嘿，不错……一点都没错。我的祖先们，我的家族——你们是光明的，坦荡而且无私的，你们是伟大的。而我是愚昧的，盲目、自私且狭隘。我已经配不上'霍费尔'这个光荣的姓氏，我会立即献上自己这渺小而又多余的生命，免得它继续玷污霍费尔家族荣光显耀的历史。"

千万别！我的小吕根曼，千万别！

"你们在慌张什么？"老人用白绸布擦拭那柄古刀的刀刃，表情异常冷漠。

哈……这个，你始终是霍费尔家的一员，这就好像是历史的一部分，是无法改变的……

"那么，谁又该为我的悲剧负责呢？"

老人干干地冷笑，历史的声音在刹那间归于死寂。老人执起一把刻刀，在刀架上紧邻着"卡罗莉娜"的位置刻下了"吕根曼·霍费尔"这个名字。

想了一想，又将"霍费尔"重重地一刀划去。

"但愿这是个终结……"老人再也发不出声音，却在心里对自己这样说。

白绸布落在地上，刀举起来……

第五节 苏 醒

"嗯,不过,我能否知道这小说的内容呢?或者,仅透露一点点主要情节就行。我保证不会告诉汉迪克他们的。"

"哈,文泽尔,你竟然会对一个老家伙写的东西这么好奇。不过,我也说不太清楚呢。说是自传体,却有相当程度的虚构,至少我写的那个结尾到现在为止还没有发生……"

"啧,老吉姆,你是在故弄玄虚吗?那么,你写的那个结局到底是什么样子的呢?是个喜剧吗?"

"是啊,是个悲惨的喜剧……"

或许这真是一个喜剧——我在自己的回忆里飘忽着,重温了这段在本周第一个工作日下午,十一分局档案室里偶然发生的对话。

也只有现在,我才能明白对话当时我完全没有在意的"自传体"这个词的真实含义。

一九九二年三月二十日,这周的最后一个工作日,我坐在开往十一分局的地铁上。

天空很晴朗。自由意志市的天空在每个三月的下半旬似乎总显得这么晴朗。

我手里拿着一份过期的《自由意志报》——其实就是昨天的。

我从车站的候车椅上意外得到了这份报纸，在我之前大概已经有很多人读过它了。

第一版上最醒目的标题是：

《永别了！影子杀手》

那晚在弗若尔站，老吉姆笑着和埋伏在那里的十一局熟人们打了声招呼。在众人惊诧万分的注视下，他满意地将那柄"长船"插入了自己的心脏。

他退休了，还提前了一天……媒体的嗅觉永远是最灵敏的。他们竟能在一夜之间查出，一九八四年三月，老吉姆在由探员一下子降职为档案室管理员之前的那个周末里，被临时抽调到人手严重不足的赤莫尔区当过三天夜巡片警。

是啊，那时他的巡逻范围勉强包括布赫山下的白天鹅桥，巡逻的时间也恰好在月圆之夜——一切都是那么顺理成章、严守逻辑……

降职的原因是疏于职守，因这"疏于职守"而意外逃脱的罪犯"碰巧"胁持并杀死了来警局等他下班一道回家的妻子和女儿。如此悲惨的剧情拯救了心理学家们，于是就连犯罪的动机也是那样无懈可击。

没有人去追究那把刀的来历。即使《自由意志报》已经明确刊登出了这柄刀铭为"长船"的古刀的考证资料。

这是一柄传说中的刀。报纸引证了据说是由东京国立博物馆提供的资料。这柄在日本历史中颇具名气的、由备前国的名刀匠长船长光所铸的宝刀，自长筱合战之后就失去了踪迹[①]。博物馆原先的记载是"流落日本民间"，经过此案之后，此处大概也有

[①] 此处为杜撰。按照史实，长筱合战之后，德川家康实将此刀赠予了奥平信昌。

改写的必要了。

至于这柄刀究竟是如何流入吕根曼先生手中的，已经完完全全是一个无法考证的谜题了。事实上，这个谜题除了我之外，也不会有人去关心了。民众和媒体明显只关心这柄刀的最后拥有者是谁。

局里或许会象征性地建立一份以调查该刀来历为目的的档案。这当然是件吃力不讨好的事情，新来的档案管理员很快就会为这份档案在私底下标记为"无人过目"的档案分类里找到一个合理的位置。

而那份名为《一九八四－（连环）伊丽泽（·霍费尔）？斩首案－赤莫尔区（附加）》的厚重卷宗，在稍微扩充一下标题（至少该添上吉姆·华特生这个名字）并顺利封档之后，或许还会作为本局的"伟大功绩"之一，被本局或其他局的上级们时时抽调出来，以作观摩学习之用。

在报纸头版较次要些的位置，我们还可以读到"霍费尔财团总裁昨夜自杀身亡"的新闻标题——具体的内容在第三版，但我不想看了。对于这件事的真相，我至少知道得比《自由意志报》的记者们稍多一点。

往后翻，一直到第十三版，在一个最不显眼的角落里，可以看到一篇题目为《铁窗下的罪恶》的文章——虽然没有标明作者，而且内容改动了不少（至少隐去了一些具体的表述以及一部分比较偏激的论点），但……我们都知道作者是谁，不是吗？

再往前翻几张，在第八版比较显眼的位置，很容易发现一则配了照片、标题为"南门监狱袭警事件——确定已有两人死亡"的篇幅较大的专题新闻。照片里的坎普尔幸福地微笑着，一段生锈严重的铁丝将她和梅彭紧紧地拴在了一起。

铁丝的一端似乎还连着床铺——将这么一大截弹簧芯拉直，坎普尔肯定耗了不少时间……

警方在现场的某本书里找到了坎普尔夹在其中的"遗言"。（"至少笔迹鉴定表明那是最近写下的"——这样的说辞似乎是报纸急于为自己在某种程度上的捏造而进行的辩解。）

> 远山小径的小教堂啊！
> 吕恩申（Lynchen）神父
> 我们在你的面前忏悔
> 愿拜倒为神的信徒

上月底我曾在澳黎津山山顶看到过这间小教堂，当时就有两对新人在举行婚礼，我还曾无意间瞟了一眼教堂门口的"婚礼预告板"，那上面密密麻麻排满了婚期，最迟的已经排到了八月份……

这可怜的人……

至于老吉姆委托我邮寄的那部小说，今早出门的时候我已经寄出了——我当然也曾经动过"拆开看看"的念头（我很想知道老吉姆为自己拟定的结局究竟是怎样的），但终于还是没有拆。这是个信用问题。

而老吉姆那天背着的所谓"借来的高尔夫球杆袋"，我在醒来之后仔细检查过，那其实是个野外观星时用的装业余天文望远镜的袋子。

总而言之，曾经相当棘手的"镰刀罗密欧"案，"在各方联手之下"，合情合理地彻底解决了。媒体和大众很快就会将关于这个案子的一切，如同一张过期的《自由意志报》一般遗忘掉。所有事情不都是这样吗？

第六节 辞 职

现在是上午九点四十八分,我迟到了。

在签到处,我将自己的签到卡单独抽出来,撕成两半扔进了走道的字纸篓里。我的目光无意间扫过老吉姆的卡片应该在的位置:那里空空如也,也不知那张卡现在会在哪里,说不定已经成为该案的重要证物之一……

警局照例沦陷在"三月繁忙"里,即便今天已经是周五。汉迪克和奥鲁都不在自己的位置上——他们也有各自的"繁忙"。

我不知道在这几天里的某个"闲聊时间",老吉姆是否会成为大家的主要话题。答案应该是肯定的。挑起话题的大概会是某一位曾埋伏在弗若尔站的同事,也可能会是彼特菲尔德——老吉姆不能参加这样一个难得的关于自己的有趣讨论,大概会感到十分可惜。

报纸上说吉姆·华特生自杀的原因是"厌倦",我觉得将这个词换作"退休"或许更贴切些。无论如何,"退休"这个词对我而言,就意味着同本市十一警察分局之间不会再有任何地点上的联系。我此刻已经站在伊塞尔副局长的办公室门前,手里拿着辞职报告。

敲门的时候我突然想起大半年前的就职面试,虽然情形有些类似，但我的心里却一点也不紧张。只有当手偶然触碰到警章时才会萌生淡淡的惋惜。

我摇摇头，自嘲地笑了笑。现在可不是该感伤的时候。

"伊塞尔副局长，我是文泽尔，可以进来吗？"

"哦，文泽尔，我正等着你呢！快进来吧。"

我推开办公室的门。伊塞尔副局长刚刚放下电话。

"坐下吧，文泽尔。嗯……你是来问你的长假申请的吗？现在可是三月份，如果你还想休假，我倒可以马上就给你批……不过，那个案子的总局奖金——你知道的，他们的办事效率可没那么高，大概要等到五月份了。"

"我不是想问那个的。"

"哦，那你找我干什么呢？"伊塞尔副局长放下手中的事情，有些困惑地看着我。

"我想辞职。"我将手中的辞职报告放在他的办公桌上。

伊塞尔副局长的脸上露出难以置信的表情。

"你是在开玩笑吗，文泽尔？这可不是闹着玩的……"

他似乎稍微想了想，接着说道："是因为吉姆·华特生的事吗？我这里刚刚接到六局的电话，提到了你们的私自行动——嗯，那件事的性质并不太严重，至少你是不知情的。而且你在这起案子上有很大的功劳，最多给你一个口头警告，还弄不到这一步。"

他用手示意了一下我的辞职报告。

"如果你是对局里的计划有什么不满，最好直接向我汇报。另外，这次的二级保密泄密，我们也会查的。这样的事情，影响总是不好，这你也知道。而且恐怕会涉及你的奖金，但你不用担心——"

"不，我想辞职，并不是因为这个理由。"

"哦？那你究竟是为了什么想要辞职呢？你可干得相当不错啊！"

"您认为，为了破获一个案子而牺牲人命是必要的吗？"

"什么？"伊塞尔副局长显然没有听明白我的意思。

"如果有必要，"我试着将我的问题换一种说法，"您会选择用牺牲一条无辜性命的方式来保全更多人的性命吗？"

"当然。"伊塞尔副局长毫不犹豫地回答，"这可是个效率问题！"

"那么，我辞职也是必要的了。"

我起身，打算离开副局长办公室。

"等等，文泽尔，你不要你那五千美元的总局奖金了吗？"

我连头也没回。

"少拿这五千美元，似乎可以让局里少几个人降薪或者降职。老吉姆那样的悲剧，至少我不愿意再看第二次。"

我关上办公室的门，连声"再见"也没有说。

我就这样结束了我的警官生涯。

第七节 沉 睡

"喂喂,听说了吗,那屠夫竟还给自己写下了墓志铭呢!"

"啧,既然是自杀,当然会随身带遗书——换你也会……"

花匠莱蒙德和他的女儿娥蔻,坐在开往自由意志市民主墓园的地铁上时偶然听到了以上对话。

花匠本来还想仔细听听,但讨论今天诺佛瓦斯球场将要举行主场赛事的声音很快便将这段显然尚未结束的对话淹没了。

花匠无奈地笑笑——妻子在上月末辞世,如他所料,并没有给他带来太多悲伤,更多的反而是解脱。

妮莉莎·法尔彤是悄悄离去的。那晚和无数个曾经有过的夜晚一样,花匠讲完了故事,女儿躺在母亲的怀里。第二天一早女儿醒来的时候,她的身体都还没有彻底凉透。

这该是最好的结局了!——年轻花匠这样想着。上个月的那个月圆之夜之后,突然之间就发生了许多事情:旧主人的意外离世,杀害伊丽泽的恶魔伏法,妻子的死……这些事情都让花匠松了口气,就像某段历史已经告一段落。

他看了看手边放着的那束垂丝海棠,绛紫色的花萼托着鲜红色的花朵,似乎有些害羞般地略垂下来。那是妻子生前最喜爱的花,偏巧又选在这个时候开放,用它们来祭奠妻子自然再合适不过。

民主墓园站很快就到了。花匠惊奇地发现，不多的几名下车乘客之中有带着晚开的香雪兰的。那香味很熟悉也很陌生，他记得很多年前他也曾经在花园中移栽过这种黄色的小花，"醉人的浓香"，有个女孩说过，她很喜欢……

娥蔻在前面跑着，脸上荡漾着欢笑。孩子毕竟还小，不太明白生或死所表达的深刻意义……

花匠为自己竟有这样的想法感到好笑。生或死究竟有什么意义，自己又何尝懂得呢？今天我们捧着花草，来这里祭奠逝去的亲人，也不过是为了讨好自己的回忆，将希望寄托在尚活着的人的身上。死者们安享的，是一种没有苦痛和忧虑的真正快乐……

墓园是宁静的归宿地，在这里，生者和死者一样心态平和，忘却世忧。

他们很容易地就找到了她。那一片基本上都是新墓，相较墓园里别的地方而言，似乎还有一种活泼的气息。年轻花匠将那束好看的垂丝海棠放在妻子的墓碑上，默默悼念了一番之后，就开始整理起墓旁的土壤来。

他打算在墓的四周种上三色堇。

小娥蔻可闲不住。她绕过两三排墓碑，来到民主墓园中一个比较偏僻的位置。那里的一个墓碑前面站着一个并不太像是来扫墓的人。

小娥蔻可认识这个人——他不是文泽尔还是谁呢？

"先生！你在那里做什么呢？"小娥蔻跑了过去。

"哦，看看我的一个老朋友。"文泽尔对她笑笑，"对了，你的兔子朋友们最近怎么样？"

文泽尔并不想提出一个诸如"你呢，娥蔻，你又怎么会在这里?"的反问问题。答案实在是太明显不过了,他不想勾起一个小女孩的悲伤来。

"嘻嘻,它们过得很不错!谢谢你,先生,你还记得它们。"娥蔻笑了。

"对了,先生。你的这位老朋友,他是一个怎样的人?"小娥蔻看了看眼前的墓碑,颇有些认真地问文泽尔。

"嗯,他是一个敢于面对自己错误的人。我想……虽然他犯下了不少错误。"文泽尔想了一想,这样回答道。

"那他会上天堂的。"娥蔻又笑了,笑得很认真。

"或许吧。"文泽尔看了一眼墓碑,点燃一支万宝路。

娥蔻则闭上了眼,虔诚地抚摸着眼前的墓碑,那样子好像是在做祷告。

这样的仪式持续了大约半分钟,然后娥蔻睁开眼,对文泽尔说:"神父们也是这样做的。爸爸说,这样神就能原谅所有的罪了……"

文泽尔没说什么,不过,他又看了一眼老吉姆为自己写下的墓志铭。

　　　　天堂总禁锢在我们的苦难中
　　　　地狱却丢失在我们的乐园里

[《冷钢》全文完(不包括第六章),于二〇〇五年五月二十七日凌晨二时(德国当地时间)]

后 记

今晚终于将本篇匆匆写完，并且草草地通读了一遍。

如果我是读者，读过之后或许会觉得心情沉重吧——谁知道呢？三人的结局（放宽些说，其实花匠莱蒙德也可以归进来）就好像宿命的悲剧安排。这些让我想起很久以前读过的《浮士德》和《李尔王》。

如果要问我谁的悲剧更沉重些呢？个人以为，应该是坎普尔的。或许有不少读者持不同意见吧。反正，三个人身上我都下了不少笔墨。我的选择，如果硬要问一个原因，我想，最直接的可能是因为坎普尔是这三人之中唯一的女性（笑）。

可能会有读者觉得我在老吉姆身上下的功夫少了些，这样就使得这个最主要的罪犯在刻画上显得比较单薄。实际上，这个问题我在布局谋篇的时候就考虑过。我的想法是，三个人都下重笔，未免就有些太过单调了。倒不如在其中一人身上留下些许空白，让读者们自己去涂画比较好。贯彻之后，我感觉效果还不错——如果您不太喜欢，也只好勉强将就了。大家都知道我很懒，完篇之后就更加不愿将这些空白给补完了。

吕根曼老头。不知道大家有没有留意到，我在文章里故意没有将这个主要人物的人名用外文标示全。懂得点德语的读者们当然知道，在德国，恐怕很少会有父母给自己的小孩取这个名字：Lügenmann，意即"说谎的人"。我在本书刚开始时就冒险给出了这么大的一个提示，不知道当时就猜到谜底的读者有多少呢？

描写稍多了些，读上去愈丰满，感觉上似乎也就愈恐怖。可惜，接下来要写的一篇《茧丝环》，从目前掌握的线索来看，大概比《千岁兰》和《幽灵停尸间》还要恐怖。如果要排名的话，本文在文泽尔系列里面，恐怖程度恐怕至少是在这三篇目前还未完成的东西之后了吧（笑）。

《冷钢》这篇小说，如果按照字数来看，勉勉强强算得上长篇的范畴，可以单独出一本书了。那么，出版社排版的时候，我希望美编能够在扉页上额外加上"谨以此文纪念文豪莎士比亚、儒勒·凡尔纳先生，以及那个逝去的年代"这段话。原因？仔细看过文章之后自然就知道了。

以墓志铭为文泽尔系列的结尾，好像已经成了我的习惯。我自己也不清楚这个习惯究竟是好是坏。或许写下一部的时候（可能是《尼龙门》这个案子）我会改正也说不定，这个得看具体情况了。

好了，后记就到这里为止。最后，感谢大家对文泽尔系列一直以来的支持，谢谢了！

文泽尔

二〇〇五年五月

第六章 研 磨

首先声明，这本书在排版上没有任何错误，这个章节确实是出现在后记后面的，事实也是如此，我在写完后记之后，又加上了这个章节。它可以说是独立的，或者可以叫作"尾声"吧。只不过在内容上，它并不是承接上文的，而是转折。

作家最大的失败就是墨守成规，对于推理作家而言尤其如此。这个额外出现的一章，可能有人会说是画蛇添足，也可能有人会说是画龙点睛。我得说，在我的刻意安排之下，这最后出现的一章，对于整个文泽尔系列而言，都是必需的（至少在背景的安排上是必需的。相反，如果不是这一个系列，最后一章倒也确实可以省去了）。了解我的人大概会说我懒，本来应该有一个更加精彩的"最后一案"，却用这个案子的一个小小转折来"充数"——或许也正是如此吧，但不可否认的是，这个转折让《冷钢》的故事更加完整了（似乎也更加悲惨了）。

好了，具体的东西看下去就知道。这里我单独谈谈本篇里的各个章节名。

原来的章节名和现在的不同，只是借用了冶炼学中的专业词语，诸如"淬硬""退火""回火"等，这样一来，对文章的总结效果似乎有些偏弱。几经考虑，最后改成了现在的"水挫""积沸""折返""火造""烧入"以及"研磨"。

这几个词都是日本刀的制刀步骤，再按照时间上的先后顺序串联起来。日本刀的制作，单就刀匠的工序而言，大抵上分为水挫、小割、制作烧台、积重、积沸、折返锻炼、造边、素廷、打造切先、火造、烧入等十一个步骤("刻铭""开穴"和"开目"这些琐碎的步骤没有归入);另外再加上由刀装师和其他专人负责的研磨、造鞘、金银装饰、卷柄等工序。细心的朋友们可能会发现,最后一章的题目已经是在刀匠的工作之外了。

关于挑选的原则,和我给各篇取名的原则大致相同,这里也就不再多说了。其实,相比东洋刀,我是更喜欢中华剑的。有一段时间里,一听到"无尘剑"这个名字,心里就像披了层霜一般。那种气势,不是非刀非剑的东洋刀所能比拟的。

具体对刀剑的感慨,已经不是推理小说该触及的范畴。这些在本人的《雷瑟瓦之砂》中的《皆烧愁绪》篇中有相当的宣泄,感兴趣者不妨一看。

第一节 铭 刻

"谢天谢地,这孩子终于诞生了!我尊贵的女主人,您看,您看,他哭了,他笑了。他会是个勇敢的男子汉的……哦,他长得可真像您,我美丽的女主人。"

"别这么说,我们最最忠诚和最可信赖的盖斯瑙特·施密茨(Geissraute Schmitz)先生,别这么说……您或许还当我们不知道,您为了保全我们这对可怜的母子,甘冒多大的危险。"

显赫一方的麦尔登·霍费尔(Melton Hofer)爵士的夫人——卡蕾拉(Carrera)小姐(她一直愿意别人这样称呼她,即使在怀上孩子之后也一样),这些天一直躺在床榻上,此刻强忍着分娩后的阵痛,挣扎着站了起来。

身旁服侍着的侍女赶紧上前一步,搀住她的左手。

她在这帮助之下勉强能够站得自然些。

"谗言终究会被澄清的,我的女主人。主人只是一时晕了脑袋,听信了几个吟游诗人和占星术士的恶毒流言。相信我,那幕后主使藏不久的……我甚至知道,说这话的就是邻郡葛雷·利佛斯勋爵夫人的妹妹!您瞧,那个爱慕虚荣的玛格莱特·安,她从一生下来就觊觎着您现在所处的这个位置,这连布赫城堡里的婢女和狱卒都知道……"

虚弱的卡蕾拉小姐并不回答什么。她在想着其他心事，惊恐从她的眼中渐渐溢出。

"你说，盖斯瑙特，你说……他会用那把刀杀死我吗？哈，布赫城堡里的婢女和狱卒也都知道，那把专司此责的古刀，那柄足有二尺五寸①长的'长船'……"

"不会的，我敢以我的生命为您担保，我的女主人，不会的！"

"或者你认为，在我们尊贵的麦尔登·霍费尔爵士的眼里，我竟还和八十四年前的那位露歇儿（Luscher）小姐，那个勾引修士的荡妇有什么区别？"

盖斯瑙特还想安慰她什么，却欲言又止，只是叹了口气，小声地反复念着："唉……不会的，不是的……若真是那样，唉……"

卡蕾拉小姐苦笑了一声。

"只希望他不要杀死这孩子，这可是他的血肉，和我不一样……"

说到这里，她又摇了摇头，露出一副苦恼的神情。

"你说，盖斯瑙特，你说，在我死去之后，是否就再也没人能够还这个孩子以清白？哦，我忠诚的盖斯瑙特，我深爱着麦尔登，我希望他也可以看到……这个孩子的眼睛，他的眼瞳多么明亮，他的无辜、圣洁、高尚，难道不是理所当然的吗？"

"是啊，正和您一样！我无辜、圣洁、高尚的女主人。您权且藏身在我这狭小的地方，时间会让主人重新清醒，时间会还给你们母子清白……我请求您在这简陋的小屋中度过一段时间，

---

① 此处的"寸"（德文为"Zoll"，是德寸还是英寸，视地区不同，折算范围在二点二至三厘米之间）取英寸的换算单位，一寸约合二点五四厘米，十二英寸为一英尺。

也为了小主人——他需要您的乳汁……请恕我使用如此不敬的辞藻,您为了他也得隐忍下去。一切都会好的。"盖斯瑙特小心地说。

卡蕾拉小姐再次摇了摇头。

"哦,我明白,我的眼睛还勉强辨得清现实。我善良的盖斯瑙特,什么都不用说了。明早太阳出来的时候,我就将自己的生命献给我最爱的麦尔登——不,你什么都不必说了,我的盖斯瑙特,我已经做了决定。但今晚,我还是请求你,让我和我的小天使共度一夜。让他睡到我的枕边来。"

盖斯瑙特背过脸去,用衣袖拭去脸上的泪水。

卡蕾拉小姐转身,从枕下取出一封折叠整齐的信笺,递给身旁的侍女,示意她交给眼前的盖斯瑙特。而她自己重新回了床上。

"放心,盖斯瑙特。我最后还得委托你一件事,希望你不要拒绝——我知道你不会拒绝的,那将是我最后的请求了。"

盖斯瑙特接过那封信笺,小心地拿着,对面前虚弱的女主人微微点头。

"好的,盖斯瑙特,好的。我知道你一定会答应的。嗯……我想将这个可怜的孩子交给你去抚养,盖斯瑙特,你刚刚结婚……我知道,这对你来说,对你妻子来说,是多么的不公平……"

"别这么说,我日日侍奉的主人,那正是我无上的荣幸,只是……"

"只是什么?你对于麦尔登·霍费尔爵士愿意在众人面前放下自己的尊严和地位,屈尊接受这个已经过世的不忠妻子所诞下的孩子这件事还存着一丝希望吗?你知道,盖斯瑙特,如果没人能够还我清白,又怎么会有人能够还这孩子清白?我已将所有事实原原本本地写在你手中的那张薄薄的信笺里。我只希望这孩子，他，以及他可能的后代，能够有机会知道自己的真实身世，知道自己的父亲和祖先究竟是谁。盖斯瑙特，如果这是奢望的话，就请你立刻拒绝我，千万不要违心地接受！千万不要！"

盖斯瑙特在卡蕾拉小姐的面前，单膝跪了下来。

"我接受，我尊贵的女主人，看在主的份儿上，我不怀任何芥蒂之心地接受。我用我及我子孙的性命保证，我们将世世代代守护着他——这个婴孩，以及他的后代，即便事实始终不被人们认同，一百年、一千年……我们都会将这诺言延续下去。"

"记住，盖斯瑙特，记住……当他长大以后，知道这一切事实之后。告诉他，告诫他，即便我的名字刻在那黑檀木刀架上，刻在'露歇儿'这名字的下面了，也千万不要心怀仇恨，千万不要为了这狭隘的理由而赌上自己来之不易的生命。他是施密茨家的孩子，是你的孩子，也是我的孩子，卡蕾拉·霍费尔的孩子，霍费尔家的孩子。我们都有责任让他好好活着，我们都有责任……"

"我记住了，我将您的话铭刻在我的生命中。不，铭刻在我们家族的延续中了……"

"谢谢你，我最最忠诚的盖斯瑙特。你可以退下了，我想和我的天使分享我那所剩不多的时间。你可以退下了——我的盖斯瑙特，我感谢你，你的忠诚拯救了我可怜的灵魂，我感激你……"

盖斯瑙特退下了。摇曳的烛光荡漾在襁褓中婴孩那纯白无瑕的脸庞上，映出母亲眼中无限的忧愁与哀伤。

夜幕即将退去，而明天尚很漫长……

第二节 邀 请

辞职到现在也有一个多月了。这期间我几乎很少出门,《纯粹理性批判》早就看完,现在正在看的是菲尔丁(Fielding)的《汤姆·琼斯》(*Tom Jones*)——我觉得这本书除了每章开头的文论之外,就没有什么太大看头了。

汉迪克在之前的某个周末曾来拜访过一次,聊天的话头从对我辞职的惋惜逐渐转变为对"三月繁忙"结束之后重新得来的悠闲警局生活的赞颂和感恩。我却并没有对我目前的生活抱怨些什么,虽然我也开始觉得,在渐渐习惯了赋闲在家的生活之后,无聊如九月的蓍草一般在我心中四处滋长。

"文泽尔,你倒不如去开个侦探社,反正你有那样的天赋……"汉迪克对我的重新就职方向提出了如上建议。

事实上,积格勒探长也曾对我说过类似的话。这当然是一份即使是在上班时间也能够随时偷闲的有趣工作。我可以买一台属于自己的咖啡机,可以将翻阅侦探小说作为日常工作的一部分,可以毫无顾虑地将一个感兴趣的案子进行到底而不用费心去写什么需要交给上级们审核讨论的无用报告……这想法无疑是十分美好的。但每当我想到侦探社的注册金以及初始运作经费等具体问题时,这些美好的幻想就戛然而止了。

是啊，是啊——即使只在豪泽区租一间七平方米的小商业间，我的全部积蓄也凑不齐三个月的押金。或者我可以在某家小报上打上一则小广告，然后坐在家里等电话？哈，算了吧，我可不想从一个合法警员变成一个非法侦探。

但我还是稍微留意了一下在自由意志市注册成立一个侦探社的相关条款，看上去似乎很复杂，其实主要还是资金问题。目前的注册费用大概等于我二十年的房租，不含税。

这样看来，恐怕还是水管工、邮差或者房管员的工作比较适合我。

还好我至少不用现在就去职业介绍所，我那几乎只接收账单和广告的邮箱里，今天竟意外地收到了一封邀请函。是的，那上面写着的，千真万确是我的地址和名字。

文泽尔先生，请在收到此函之后速至霍费尔家别墅，要事面谈。

这张语焉不详的邀请函甚至都没有署上名字。不过我想，即使写上署名，大概也只会是"罗德·施密茨"或者"特兰斯凯·施密茨"。肯定不会是"莱蒙德·法尔彤"。这张相当正式的邀请函上还特别盖上了有霍费尔财团标记的专用章。

要事面谈？那个案子已经尘埃落定，吕根曼先生自杀身亡，别墅里的人竟然会找到我，究竟又会有什么要事呢？

看来，我今天一定得出门了。

第三节 奖　金

"别问我，文泽尔警官，这是吕根曼先生生前设下的奖金，只不过我们没向您提起过而已。请您千万不要过分惊讶，这些都是属于您的。"

我拿着罗德先生给我的那张一百二十万美元的现金支票，脑子里面几乎一片空白——什么话都说不出来了。

这可是我先前放弃的总局还未颁下的奖金的两百四十倍，还不用缴纳个人所得税！

这未免也有些太戏剧性了——四月还没过完呢！

"而我作为霍费尔集团现任总裁，对我以前的主人吕根曼先生留下的承诺，理所当然有兑现的必要。"

罗德·施密茨先生这番令人感到意外的话，多少使我在这极度意外的巨额奖金面前恢复了一点点理智。

"呃，你们怎么知道这奖金应该属于我呢？虽然我曾经来这里调查过这个案子，但这似乎并不等同于是我侦破了这个案子……"

精明的前管家先生笑了。

"天王星的卫星——那份报告当然是您交上去的。这点事，以霍费尔财团的力量，不用很费力就可以查清。我可不愿意将执行吕根曼先生最后愿望的对象给弄错。伊塞尔·普彭曼可是个典型的无能官僚，谁都不会相信那报告是他凭空写出来的，不是吗？"

这当然是个十分合理的答案，我点了点头。

"伊丽泽小姐的事情，多亏了您的帮助，那个恶魔一般的屠夫最终能够伏法，我和别墅里的其他人都十分感谢您。只可惜吕根曼先生没能熬到那一天。我可怜的主人，你知道的，他实在是无法忍受下去了。即使已经过去了这么多年，那无法承受的、失去至亲至爱的孤独和痛苦还是让他选择走上了这条路……"

说这话的时候，罗德先生的眼睛一直注视着我。

我霎时间就明白了这眼神的含义。

他想从我对这话的反应中看出，我是否已经知道——吕根曼先生才是杀害伊丽泽的真正凶手。

罗德先生这样想，也是理所当然的。以霍费尔财团的力量，既然可以得知那份报告是我上交的，自然也能知道我和老吉姆曾经为了此案而密切接触过。这就难保老吉姆不会在无意间，将自己并未杀害伊丽泽的事实说出来。

这应该就是罗德先生找我的真正原因了。

"嗯，这确实是件很令人难过的事情。还好凶手已经伏法，伊丽泽小姐的冤屈也终于能够洗刷了。如果吕根曼先生此时能够知道，也一定会感到慰藉的……"我自然给出了一个能让他稍稍宽心的回答。

"是啊，是啊……对了，文泽尔先生，您既然已经辞职，现在又打算做什么呢？如果您没有特别的计划，倒不如到霍费尔财团来谋个闲职。至少我知道，您是个难得的人才，我们会给您一个绝对令人满意的待遇的……"

我给出的答案终于也只沦落为一个形式（我认为那该算是一种表态——不论我说的是真话还是假话）。罗德仍然害怕我知道真相，为了掩盖事实，他甚至用上了收买和贿赂的手段。

"不了，罗德先生，我已经计划好要开一家属于我自己的侦探社了。"我晃了晃手中刚刚得到的那张支票，"这笔奖金刚好可以用来作为起始费用。"

这些当然不是临时的敷衍，事实上，在接下支票的那一瞬间，我就已经决定了。

"那太好了，文泽尔先生。我也知道您不会安于一个无聊职位的。不过，既然您已经筹划成立一个侦探社，是否能够将我的一个个人请求作为您接下的第一个委托呢？"

第四节 地 下

"不！警官先生，你以为自己已经知道那个案子的全部真相了吗？哈，你们根本什么都不知道！谁会相信，在这个案子之下，竟还隐藏着如此巨大的内幕呢？"

"等等，莱蒙德。你所说的，警方并不是不清楚，但是，在尚未掌握充分证据之前，我们是不能擅自行动的。这个案子当然没有完。而你现在看到的本案已经完结的假象，相信我，完完全全应该归罪于媒体的不负责任。你也知道，那些并不是警方发布的正式消息。"

听完我的话，莱蒙德手上那柄从我突然闯入后便一直紧紧握着的短匕首，似乎开始有一点点松动的迹象。

"你是怎么找到我的，文泽尔警官？"

莱蒙德当然不会明白。虽然他用假名租下了这间地下室，却使用银行转账的方式向房主交纳押金及首月房租。通过核查莱蒙德·法尔彤先生转账对象的房产记录，莫斯曼很容易就找到了这个地址。

但我并不打算回答他的问题，我们现在首先要做的，当然是设法让年轻花匠放下手中的危险物品。

而对此，我恰恰有一个最好的问题。

"莱蒙德，娥蔻现在在哪里？"

我可以看出，花匠此刻深深地犹豫了一下。他似乎一下子变得很累了。刀仍然攥在手中，人却就势倒在了身后狭窄的单人床上。

看来，作为一个父亲的责任，在莱蒙德的心中总算是高过一切的。

"我暂时让她寄住在我姑姑家了——她一向都很喜欢娥蔻。因此，你知道，即使我这次有什么事情，她也……至少不会过得太糟，哦，我的天……"

莱蒙德无法继续说下去了——他哭了。

我站在那儿，什么也做不了。对于罗德先生的委托，我有相当多的疑问。至少，让我现在就用口袋里的那柄装着特制戊巴比妥盐[①]子弹的麻醉手枪射向眼前这位思念自己女儿的父亲，我做不到。

"伊丽泽并不是被报纸上所说的那个男人杀死的……"

通过短暂的哭泣发泄之后，莱蒙德坐了起来。他将匕首丢到一旁，用手拉扯着自己的头发，缓缓地、自言自语般地说出了上面的话。

他大概以为自己所说的是目前尚且不为人知的秘密（如他刚刚所描述的，是本案"隐藏着的巨大内幕"），可实际上，至少我知道老吉姆并没有杀死过伊丽泽，而杀死她的真正凶手则是她的父亲——吕根曼先生。我想，莱蒙德接下来要说的，恐怕就是这个我们俩都知道的"秘密"。

[①]常用非挥发性麻醉剂中的一种，属于巴比妥类的衍生物，一次给药即可维持较长的麻醉时间。而且添加了一些其他的复合成分以便快速起效——这种麻醉枪一般用于野生动物捕捉。

"是罗德,那个阴险的家伙,罗德雇人杀死了她……"

很遗憾,莱蒙德所说和我刚刚推想的大不相同。我得说,这个说法立刻就在我的脑中引发了一大堆新的推理、矛盾,以及疑问。但是,由于我之前已经对花匠提到过,警方对他所讲的这些秘密"完全清楚",因此,我此刻也就失去了表现出哪怕一点点惊讶或是迷惑的权利。无论如何,即使我听到的让我感到再难以置信,我也得听莱蒙德说下去。

"还有主人——吕根曼先生,恐怕也是他害死的。哈……他终于还是偷到了他所想要的,这个私生子的后代……罗德·施密茨,他是麦尔登·霍费尔爵士被遗忘了的子嗣!"

莱蒙德的地下临时寓所十分安静,此刻,他的激动和我的意外都因为一个奇怪声音的突然介入而中止了。

沙沙沙,盐粒落在烤纸上的清脆声音……

第五节 真 凶

"这么说您已经顺利完成那项委托了，侦探先生。"罗德笑着，捻了捻自己的小胡子，"将那家伙放在他自己的床上就可以了。我想先看看刀架。"

我将我一直搀扶着的那个人放倒在花匠小屋的床上，从一个黑色塑料袋里取出那个黑檀木刀架，递给面前的罗德先生。

"您确定您从花园那边绕过来的时候没被任何人看到吗？"罗德先看了看刀架上刻着的名字，然后将手指探到刀鞘架下方、横梁支撑木和底座之间的空隙里，似乎是拨动了什么机关之后，竟从里面抽出了一张折叠整齐的羊皮纸信笺来。

"嗯，没有任何人看到。我想，这也是你选择这个时间的理由。"我看了看房里的挂钟——现在刚刚好是凌晨两点。

"那就太好了，文泽尔先生，那就太好了……"罗德站起身来，一边假装展开那封信笺，一边将右手悄悄伸向身后的窗台。

可惜，我的动作还是比他要快些。

"别动，罗德先生！"

在放下塑料袋的同时我就取出了麻醉手枪，枪口此刻正对着似乎计划拿出另一柄麻醉手枪来的罗德先生。

"您这开的是什么玩笑？侦探先生。"罗德相当尴尬地将右手移回来，同时露出一副受到惊吓的表情。

"如果利用吕根曼先生杀死伊丽泽也是开玩笑的话，罗德·霍费尔先生。"我用手枪示意罗德先生坐回到原来的位置上。

"这么说您已经什么都知道了……哈，看来我说的的确没错，您可是个相当难得的人才呢！"罗德摆摆手，坐下了。

"不过……"罗德丝毫没因为事情败露而显得紧张，反而有些得意地说，"似乎您只能和我站在一边了，如果您不愿意用自己的后半生来背负一个'杀人凶手'的罪名的话。"罗德用手指了指倒在床上的那个人，"莱蒙德，他已经死了，是您亲手杀死他的。"

说到这里，罗德已经掩饰不住自己的得意，他失声笑了出来。他似乎觉得已经将世上的一切都掌握在了自己的手中，那是一种近乎歇斯底里的、令人厌恶的笑声。

"嘿，侦探先生，您真以为那只是纯粹的麻醉枪吗？特制戊巴比妥钠……哈哈哈哈……"他几乎笑得喘不过气来。

我依旧将枪口指向他，什么也没说。

罗德终于克制住了自己的笑声，他似乎对我的冷静感到相当意外。

"哈，您不觉得沮丧吗？文泽尔先生？请原谅我的不诚实，那里面的药品并不仅仅是特制的麻醉药，还含有鳞柄白毒鹅膏（Amanita Virosa）的提炼物成分！哈，您或许也曾听说过它的学名，鹅膏毒环肽（Amanitins），那可是一种比氰化物还要厉害百倍的蘑菇毒素！"

"比你更毒吗？"伴随着这个声音，一个人推门进来了。那当然就是莱蒙德，他其实一直都藏在门外面。

现在轮到罗德先生沮丧了。当他看到莱蒙德的时候，几乎要从椅子上跌坐到地板上。

我认为我有必要对眼前这令人感到意外的情景做出一番解释。首先，我必须声明，我自始至终也没有使用过这柄特制手枪中的任何一发子弹。躺在床上的那个人，是被莱蒙德用一个旧的木质烛台打晕的。我们在他清醒之后，用枪指着他问了一些问题，看在他比较合作的份儿上，我们又用威士忌将他灌醉了。

还好他醉后十分老实，加上罗德又急于得到刀架以及"打发"掉我，所以并没有看出什么破绽来。

是的，这人当然不是莱蒙德，而是受罗德先生雇用的计划将我们这两个知情者"一网打尽"的职业杀手。

多亏莱蒙德的地下寓所足够安静，安静得连蛇爬行的声音都能够听得一清二楚。我们悄悄地从地下室另一侧的通风道爬了出去，很轻松地就逮住了这个专心致志守在地下室入口、正期待着我们在开门的同时被毒蛇意外咬到而发出尖叫的可怜家伙。

罗德先生指定我来接受这项委托的原因，也就很清楚了。

"那么，罗德先生，你是选择自己主动自首呢，还是我们现在就将你送到十一分局去呢？我们……"

我的话还没有说完，就感觉有人用什么东西重重地捶击了一下我的脑后。顷刻之间我便失去了知觉，什么也不知道了……

第六节 火 灾

　　我醒来的时候，一切都已经结束了。

　　我被安置在法夫尼尔街公车站的长椅上，早班八二一路司机好心地叫醒了我。

　　这时的我仍旧有些恍惚。我似乎是先走到了昂尼斯街，穿过一条无人的小巷之后再次回到了别墅的花园，那正是我昨晚走过的线路。

　　我看到收班的消防车队从身边缓缓开过。而花园，早就被警车围了个结实。

　　我继续向前走着。之前那圈低矮的木栅栏早已不复存在，几个不太熟的以前十一局的同事正在对邻近的住民做询问笔录。

　　我继续向着昨晚的目的地行进，虽然周围的人很多，却并没有谁将我拦下来。他们似乎对我的存在并不关心，我就这样一直走着，直到来到莱蒙德的小屋。不过，此刻或许应该称之为"之前小屋的所在地"。

　　那里现在是一片焦土，被一圈写着"禁止入内"的黄丝带围了起来。

　　但其实黄丝带并没有围住什么实际的东西，我很容易就找到了昨天我们谈话的位置。在已经被烧得焦黑的地板上，有两个很醒目的、用白线勾勒出的人形轮廓。

"嘿,文泽尔!你怎么也在这里,想念我们了吗?"这是汉迪克的声音。

"哦,不……我碰巧经过而已。这里可真热闹!"我摆出一副若无其事的表情,对汉迪克笑笑。

"忙呢!你不知道,这火也不知是怎么了,二消防局的人忙活了两个多小时都没能扑灭——嗨,人都没能救出来,只剩下两具焦炭了……"

"只是一个普通的木屋失火,怎么会耗上这么长时间?"

"嗯,你看看,这地方,消防车根本就开不进来,花园和别墅供水的水压不够,另外,围观的人太多了,而且还不配合……你又不是不知道,这种事儿每天都在不停发生……"

"呃,死的两个人是谁呢?"

"他们还在录口供,我也不是很清楚。不过,似乎是住在这里的一个花匠,还有这栋别墅的主人。别墅里恰恰就少了这两个人。"

"真是可怜——这意外的火灾。"

"是啊,这意外的火灾……"

汉迪克心不在焉地附和着我。看着已被夷为平地的花匠小屋,我又感到有些恍惚了……

第七节 句 号

在自由意志市最为反复无常的七月里,我的侦探社终于如期开张了。

在当晚举办的小型聚会上,汉迪克和奥鲁同时对我在侦探社选址问题上的非民主性表现出极度不满。

"可惜离局里远了点。如果你忙的话,我们见面的机会就会少了。"举杯之际,汉迪克颇为委婉地指责了我。

"看来你并不太将我们这些老朋友当一回事儿。"奥鲁则直接给出了最尖锐的批评。

但之前,奥鲁却在私底下跟我说过。

"既然那么近,我一定会时常去你那儿喝杯咖啡的。"

我当然再清楚不过,这只是奥鲁的拙劣借口而已,以"顺路拜访"侦探社的方式解决困扰他多年的周末伙食问题,才是他真正关心的。

是的,我的侦探社开在豪泽区小吉姆街十三号五楼,一个相当冷清,而且从数字上看很不吉利的地方。

彼特菲尔德刚刚就问过我。

"文泽尔,你选择在这条街上开侦探社,是不是为了纪念老吉姆?"

我笑了笑，不置可否。

无论如何，虽然有如上所述的种种指责、批评和疑惑，但这些可爱的老同事都无一例外地对我的新职业生涯给予了很多祝福。

聚会一直开到凌晨三点半。大家陆陆续续地离去之后，我发现自己一点睡意也没有。于是，我点燃了一支万宝路，开始为我从事侦探事业以来接受的第一项委托写总结。

好了，经过两个多月的忙碌，我终于可以静下心来，将关于这个已然结束的案子的一切，原原本本地展示在众人面前了。

大概是在那次扫墓的偶遇之后，莱蒙德与一个名叫雷克拉姆（Reclam）的早年搬去米莉豪森市的旧时朋友意外相逢，那人是当年那场化装舞会的组织者之一。

老友重逢，自然会谈及往事。回忆之中，雷克拉姆无意间提及，八年前的那场化装舞会其实是别墅管家罗德一手出资筹办的。

莱蒙德当然对此十分在意。追问之下，雷克拉姆表示，那场化装舞会的举办时间和地点都是由罗德先生提前确定的，他和其他几个组织者只负责寻找参加者。不过，罗德曾经特别提到过要邀请莱蒙德，并且让他一定带上自己的女朋友。

雷克拉姆和其他几个组织者确实都邀请了莱蒙德，并且也都要求他带上自己的女朋友——这些莱蒙德都记得很清楚。只不过他一直不知道，这实际上是管家罗德的指示。

和雷克拉姆会面之后，莱蒙德自然怀疑到，罗德和伊丽泽的案子之间还有某些尚不为人所知的内在联系。因此，他将娥蔻送到姑姑家，开始暗中监视罗德的行踪。

吕根曼先生自杀之后，罗德便开始频繁地和几个专打财产纠纷和继承权官司的律师接触——这点莱蒙德说得并不详细，反正，在几次十分不容易的窃听行动之后，莱蒙德得知了一个让人感到十分意外的消息。

罗德·施密茨竟然是霍费尔家族的后裔！

结合已知的事实，莱蒙德做出了一个在动机上完全合理的假设。

为了夺取霍费尔财团的所有权，罗德在八年前雇人杀死了伊丽泽，最近又设法害死了吕根曼先生。

让我们想想看——罗德早已经知道莱蒙德和伊丽泽每次相约溜出别墅的地点，而这个地点恰好也被卡罗莉娜以及她的情夫们所利用。罗德便利用了这个巧合。一方面，他建议吕根曼先生约卡罗莉娜在那里见面；另一方面，他筹划了一场伊丽泽必然会随莱蒙德一同参加的化装舞会。他预先算好了两人前往舞会现场所需的时间，并大概估算出两人计划在"老地方"碰面的时间点——这个时间点正是他向吕根曼先生所建议的"最不致引起人怀疑的"挥刀时间。

然后，他再主动向吕根曼先生提议，由他负责牵制住可能在预定时间里对计划造成威胁的年轻花匠——吕根曼先生自然没有拒绝这个提议的理由。

于是，在精明管家妥善而周密的安排之下，伊丽泽"十分意外地"献身于自己亲生父亲的刀下。吕根曼先生的弃刀行为也"十分意外地"造就了一个引起全市恐慌的连环杀手。而这点，当然在罗德先生的计划之外。

花匠先生完全没有顾及以上所提到的这些细节，他留意到罗德反复向律师们出示一个黑檀木刀架，他当即意识到：这将会是一个重要的证物，也是罗德最终能否取得霍费尔家族财产继承权的决定性因素。

或许是被长期积累下来的压力以及突然之间爆发的怨恨冲昏了头脑,莱蒙德竟然闯入了刀室,将这个他认为"十分重要"的刀架给偷走了。他藏身在地下室里,计划通过与罗德先生交涉达成和解。

莱蒙德开出的条件是让罗德主动向警方自首,而这个条件恰恰是管家先生最不能接受的(由此可见,花匠确实是昏了头)。此时管家先生想到很可能也知道事情真相的我,便向我提出了这项委托,同时又雇用了一名职业杀手,计划将我们俩一并除去。

"找到黑檀木刀架并将它和莱蒙德一起带回来。无论莱蒙德是否反抗,都用这柄麻醉枪将他弄晕。别问我理由,这是必需的。"

——这就是我的第一个委托人罗德·施密茨先生给我的委托。而这项委托的动机,以及其中所包含的阴谋,我们现在当然已经十分清楚了。

实际上,黑檀木刀架在罗德·施密茨的继承权问题上所起的作用,被年轻花匠无端夸大了。虽然我们已无法得知那张藏在刀架夹层的羊皮纸信笺上究竟写了些什么内容,但是根据刀架上所刻的那几个名字,以及莱蒙德查阅霍费尔家族的传记所得,就能够做出一个比较合理的推断来。

黑檀木刀架上的名字,按照我的记忆,似乎是按照以下顺序排列的:

佩尔玻娜、露歇儿、卡蕾拉、卡罗莉娜、吕根曼·霍费尔

这些名字,除了最后两个同出自吕根曼先生之手外,其余都出自不同人之手。佩尔玻娜、露歇儿和卡蕾拉,这三个没有姓氏的名字,按照霍费尔家族历代的传记记载,都是"曾背叛过霍费

尔家族的、不知羞耻的女人"。

她们因此"不配享有'霍费尔'这个具有光荣骑士传统的伟大姓氏"。

吕根曼先生在划去自己名后姓氏的同时，无意中也给了我们与此相关的足够提示。

虽然家族传记中并没有详述，但从吕根曼先生刻下"卡罗莉娜"这一点来看，我们能够想象，这三个女人都丧生于那把家族世传的"长船"之下，而行刑者则都是霍费尔家族当时的主人。

莱蒙德特别提到传记中所讲述的那个叫"卡蕾拉"的女人。那恰恰是在一百年前（这也正好和我之前所提出的关于一八八四年的联想奇迹般地吻合），一八九二年霍费尔家族的主人，是显赫一方的麦尔登·霍费尔爵士。按照传记中所记载的，卡蕾拉有一个至死都不愿承认的私生子，并且人们最终也没能找到这个私生子的下落。

在这个前提之下，我们可以很自然地假设，罗德的某个祖辈很可能就是霍费尔家族因一些尴尬的误会而抛弃的那个所谓"私生子"。那些误会在一八九二年当然是无法澄清的，但在一九九二年，人们通过新的血液鉴定方式以及新兴的DNA鉴定法，却可以很准确地判定，一个人是否和另一个人存在某种血缘关系。

但是，我们应该清楚，时间已经过去了一百多年，这种鉴定无疑复杂而曲折。当今的DNA鉴定技术，在父辈和祖父辈之间的血缘确认上已经可以达到很高的准确度；但相隔四代以上，比如直接通过血液DNA鉴定判断罗德和吕根曼先生之间是否有亲缘关系，却是完全不可取的。正确的鉴定方法，是通过遗骸的DNA鉴定，先确认罗德的祖先是否为麦尔登·霍费尔爵士亲生，然后再逐代确定罗德是否属于该族系的血缘继承者。

罗德大概在很久以前就已私下取得了上述和霍费尔家族之间存在血缘关系的医学证明。更准确些的时间，甚至可能会在一九八四年的那起案子之前（可惜，我并不清楚当时DNA鉴定技术的应用水平，因此也只能算是一个未经考证的推断了）。精明的管家先生一定考虑到了吕根曼先生行动失败的后果，根据本州的相关法律，一个财团的所有人（按照法规中所说的，应该被称为"绝对多数股份的持有人"）首先不得是尚在服刑期内的刑事犯。这样看来，无论吕根曼先生是被当场击毙还是被逮捕入狱，罗德先生都可以更早些取得财团的继承权。

如果单纯出于这样的考虑，对罗德先生而言，吕根曼先生唯一的女儿也会是继承权争夺的有力对手——尤其是在吕根曼·霍费尔留有遗嘱的情况下，伊丽泽·霍费尔的存在对于罗德这一支系而言无疑是致命的。或许在罗德眼里，吕根曼先生迟早会老死的，如果他没有任何子嗣的话，罗德大概还会因为自己相较之下更年轻而选择静静等待。但他却无法在伊丽泽的面前也选择等待——他不想让这已然持续了上百年的等待再延续到特兰斯凯或者他的下一代去。吕根曼续弦的放荡对罗德而言当然是一个绝佳的机会。"杀死不忠的卡罗莉娜"只是一个幌子，而"借机杀死霍费尔财团的正统继承人"才是罗德参与谋划这个残酷计划的最终目的。

很可惜，这个计划最终成功了。特兰斯凯·施密茨在上月中旬成了霍费尔财团有史以来最年轻的总裁。至此，这桩长达数百年与血统和继承纠缠不清的案子，终于以当年的"私生子"系的全面胜出画上了句号。

根据十一分局法医弗里特（Flit）的验尸报告，证实花匠莱蒙德在死前曾经摄入过大量酒精，而别墅主人罗德·施密茨则是在麻醉和中毒的状态下被火活活烧死的。

我们一贯英明的伊塞尔副局长，根据法医报告得来的线索，做出了如下论断：

花匠因为对薪资不满而借酒浇愁，别墅主人好心地前往花匠的住所劝解。由于意见不合，喝得酩酊大醉的花匠将自己栽培的具有麻醉功能的有毒植物掷向了别墅主人。别墅主人倒下之后，花匠又喝了不少，无意间掀翻了房间里的落地灯，然后醉倒在地。落地灯的高温燃着了被褥，于是，木屋被烧成了灰烬，两人也十分冤枉地断送了性命。

"这完完全全是一个可悲的意外！"

伊塞尔副局长一定会在提及本案的时候这样讲，同时露出一副悲伤的表情来……

尾 声

在侦探社开张将近三个月后,大概是我在《自由意志报》上购买的一小块广告位起了效果,案子渐渐多了起来。汉迪克和奥鲁他们的态度也由最初的怀疑转变为逐渐认可。现在,奥鲁在我那里解决周末伙食问题的时候也会称赞我说:"嘿,文泽尔,你可终于找到了一个相当不错的谋生行当!"

虽然这许多案子中不乏一些相当有趣的,但更多的还是诸如找寻失踪猫狗,或者调查婚外情之类的无聊委托。我不想推掉任何一个送上门来的委托,因此,我打算在近期内请一个助手。

在得知这个消息之后,莫斯曼倒是表示他十分希望能得到我手下的这个职位。我当然知道,他只不过是在电话中打趣而已。只要我找他帮我弄一些和案件相关的信息,他就总是抱怨身边的土豆堆成了山——看来,侦探助手这个职位,并不适合他。

老吉姆委托我寄出的小说最终也仅在副刊上发表了一段节选。哪怕这样,很多不知情的侦探小说爱好者也致信大众侦探专栏编辑部,声明这段节选抄袭了现实中那个"影子杀手"案的创意,要求对作者提出严厉的批评和指责。为此,《自由意志报》副刊甚至专门刊登了一则声明,表示此篇小说是匿名寄出的,作者并没有交代参考了某个真实的案例云云。哈,只有我才知道,这篇小说就是货真价实的自传体。不知老吉姆得知这个消息之后会做何感想……

为了尊重原作者的决定，我并没有向编辑部发出一份要求"寄回原稿"的信函。也因此，看来我是再没机会知道那篇小说的结局了。不过，说不定老吉姆设定的结局，偏巧和现实中的一样呢？天知道！

我没有再给莱奥诺蕾小姐打过电话，倒不是因为我对她究竟是不是吕根曼先生当时计划的同谋不感兴趣。我将她的电话号码给弄丢了——这才是最主要的原因……

顺带一提，关于我意外得到的这笔奖金，根据《自由意志报》前段时间里刊载的关于本案周边事件的一个专题报道所述，倒确实是吕根曼先生在一九八八年三月设下的（吕根曼先生当时曾在该报发表过相关的悬赏声明，只不过由于此案迟迟未被侦破，才一直很少被媒体大众提起），而不是罗德·施密茨为了收买我而大手笔地捏造出来的。

反正，如果没有这笔奖金，我现在大概已经从职业介绍所得到了一份和蒙歇利·佛罗伊若普先生类似的工作，此刻正为某段漏水的水管而忙活呢！

好了，无论如何，一个案子改变了我的人生——可以这么说。

上周三邮局转寄过来一个包裹，里面是几本儒勒·凡尔纳的小说、一本《傲慢与偏见》和一本简装版的《老人与海》。这个本来是寄到十一分局的包裹，署的是一个完全陌生的女性名字。不过，看到那本《多瑙河领航员》我就能猜到，寄件人正是坎普尔的继母。

这大概是为了报答那几个甜面包圈和苏打饼干，以及纠正我语言水平的"拙劣"吧。我这样想着，将那几本原属于坎普尔的书放在了我身后的书架上。

本周的每一天都异常繁忙（老实说，这种"繁忙"主要是一些琐碎案子造成的，有趣的案子永远都不会给人以"繁忙"的感觉），但这最后一个工作日却奇迹般地清闲下来。因此我有时间去看看那一周都没有碰过的邮箱。

在丢掉一大摞的广告和账单之后，我找到了两张比较有意思的卡片。

一张橘红色的卡片上画着一幅儿童画：画的右侧是两只兔子，左侧站着一个满脸笑容的小女孩，一个个子很高的男人牵着她的手，另一只手里握着一只小铲子，图画的背景中画满了各式各样的花。

卡片的背面是小作者的签名：

娥蔻·法尔彤

我笑了笑，接着看另一张卡片。

这张卡片就显得单调乏味得多了。也就是一张空白的、署名为汉斯·穆斯卡林（Muskarin）的粗糙名片纸，上面用潦草的花体字写着：

三个魔鬼本不该那样死去
你看过我的标注，我的朋友
我们会再见的

附录一：关于天王星及其卫星

1. 天王星（Uranus）的历史

太阳系八大行星之中，天王星列于第七位。天王星是太阳系中的第三大行星，但是密度并不大。

天王星是由伟大的天文学家威廉·赫歇耳于一七八一年三月十三日发现的，它也是现代发现的第一颗行星。实际上，在威廉确定其为行星之前，它已被多次观测到（最早可考的观测数据资料可以追溯到伽利略时代），只不过人们将其误认作了一颗恒星。

威廉·赫歇耳当时将其命名为"The Georgium Sidus"，用以纪念英国国王乔治三世。

由于其他行星名字都取自希腊神话，为了保持一致，一八五〇年之后，人们开始以古希腊宇宙之神（Uranus）来命名这颗美丽的蓝色行星（虽然如此命名导致的发音问题经常使英语国家的学生们感到尴尬）。

一九八六年一月二十四日，"旅行者二号"星际探测器登陆天王星。在"旅行者二号"飞向天王星的旅程中，人们已知的天王星的卫星数从自一九四八年以来的五颗激增至十五颗。一九八四年到一九八九年的这五年间，世界各地的天文爱好者们都对天王星抱有极其浓厚的兴趣。

本文的故事围绕着天王星的卫星进行，也是为了纪念那个已经逝去的年代。

2. 天王星的卫星

天王星目前共发现有十七颗卫星，十五颗已被命名。

这些卫星并不和其他行星的卫星一样取自古代神话中的人名，而是别出心裁地使用了莎士比亚和罗马教皇的文学作品中人物的名字，这也是本篇选择天王星的原因之一。

天卫一（一八五一年由拉塞尔 Lassell 发现），即阿雷尔（Ariel，一译爱丽儿），这是莎士比亚作品《暴风雨》中一个淘气的乐天派人物的名字。

天卫二（一八五一年由拉塞尔 Lassell 发现），即昂不雷尔（Umbriel），源自亚历山大教皇的作品《夺发记》(*The Rape of the Lock*)。

天卫三（一七八七年由赫歇耳发现），即提坦尼亚（Titania，一译提泰妮娅），这个熟悉的名字来自《仲夏夜之梦》中欧泊龙（Oberon）妻子的名字。

天卫四（一七八七年由赫歇耳发现），即欧泊龙（Oberon，一译奥布朗）。精灵之王，不用多说了。

天卫五（一九四八年由奎泊尔 Kuiper 发现），即米兰达（Miranda），《暴风雨》中魔术师普洛斯彼罗的一个女儿。

天卫六一直到天卫十五都是由"旅行者二号"发现的。

天卫六即科德利雅（Cordelia，一译科迪利娅），《李尔王》中李尔的女儿。

天卫七即欧斐利雅（Ophelia，一译奥菲利娅），《哈姆雷特》中珀隆琉斯（Polonius，一译波洛涅斯）的女儿。

天卫八即碧安卡（Bianca，一译比恩卡），莎士比亚作品《驯妇记》（The Taming of the Shrew，一译《驯悍记》）中卡特李娜（Katherine，一译凯瑟丽娜）的姐姐。

天卫九即克雷斯达（Cressida），莎士比亚作品《特洛伊鲁斯和克雷斯达》（Troilus and Cressida，一译《特洛伊罗斯与克瑞西达》）中卡尔夏斯（Calchas）的女儿。

天卫十即德斯德谟拉（Desdemona），《奥赛罗》（一译《奥瑟罗》）中奥赛罗的妻子。

天卫十一即朱丽叶（Juliet），莎翁名篇《罗密欧与朱丽叶》的悲剧女主角。在本文的《自由意志市交通区划图》中，为了避免和"镰刀罗密欧"太过呼应，将街名按照音译称为朱丽叶特街，纯粹是为了满足布局谋篇上的需要。

天卫十二即珀尔提亚（Portia，经常被译作鲍西亚），《威尼斯商人》中富裕的女后嗣。

天卫十三即罗莎琳德（Rosalind），莎士比亚作品《随你所愿》（As You Like It，一译《皆大欢喜》，Rosalind 一译罗瑟琳）中被驱逐公爵的女儿。

天卫十四即柏琳达（Belinda），《夺发记》的女主角。

天卫十五即帕克（Puck），《仲夏夜之梦》中的淘气仙女。

由于莎翁作品的译文版本实在太多，无法确定一个统一的译名。反复权衡之后，干脆将所有的这些名字按照德文读法的音译[①]直翻——完成之后，效果似乎还出乎意料的好。

[①]有部分仍使用了英文读法，如"帕克"（Puck）。

附录二：关于文中出现的东洋名刀

1. 名物观世正宗

正宗属于相州伝，其特点是烧刃的乱刃中可见细小粒子。使用"正宗"铭文的刀匠之中，最有名的要数镰仓末期相州的初代"正宗"——冈崎五郎正宗大师，也是被尊为"五郎入道正宗"的刀界鬼才。

正宗原本住在京都，在镰仓幕府创立后不久迁往镰仓定居。由于当时运输条件落后，刀匠在铁砂的选取上只能就近取材。而正宗所选择的，恰巧是神奈川县钱洗川附近特产的含有天然水铅成分的铁砂。

使用钱洗川的铁砂所冶炼出的钢铁兼具绝佳的硬度和韧性，加上一代大师在火候、黏土比例以及水温方面的独特创见，终于使得正宗所锻制的日本刀，达到了"锐利易切，刚柔并济，完美无瑕"这一日本刀制作的最高境界。

正宗所制之刀现存不多，而拥有"皆烧"刃纹的更是国宝级珍品。正宗流的地肌纹是由灰白色相间的小点构成，后世无人能仿，这也正是正宗技绝于世的地方。

德川家康废止"妖刀"之后，大量的"村正"刀铭被改为"正宗"，以期能够继续使用。因此，现今流传于世的正宗之中混杂有很大数量的村正——这点文泽尔在文中说过。

堪称"名物"的打刀"观世正宗"，刃长为六十四点四厘米，无铭。战国时为石田三成所有，后赠予结城秀康。关原合战之后归于德川家康之手。

关于今日"观世正宗"的所属，众说纷纭，多半倾向于该国宝仍存于东京国立博物馆，但也有正品流入欧洲私人收藏家之手的说法。反正吕根曼老头花费四百多万美元所买到的刻有"正宗"铭文的那把，是由村正所篡，不过依然算得上是"物有所值"。

2. 名物大般若长光长船

长船派视光忠为鼻祖，在长船一带很兴盛，南北朝、室町时代则最为繁荣。

太刀"大般若长光长船"，刃长为七十三点六三厘米，铭文为"长船"。此刀在室町时代价值六百贯钱，而《大般若波罗蜜多经》刚好也是六百卷，故得名"大般若长光"。最初是由足利义辉将军所有，先后经三好长庆、织田信长、德川家康之手。长筱合战后，德川家康将之赐给了奥平信昌。

一代名匠备前长船长光制作的名刀，除了这把"大般若长光长船"之外，大家熟知的还有剑豪佐佐木小次郎使用的，以刀匠自己的名字命名的野太刀"备前长船长光"——这把刀的刀刃足足有一米长（和大太刀也差不多了，笑），甚至无法挎在腰间，只好背在肩上。

3. 势州村正与"妖刀"的传说

村正，是室町中期至天正末期一百年间伊势国的一群名刀匠的族姓。此处"势州"即指伊势国，正如"备前"（又为"备州"）指备前国。

至少有三代的伊势国刀工使用了"村正"这个族姓。初代即左卫门尉藤原村正，伊势桑名人，他在公元一五〇一年打造的那把刀铭为"势州桑名住左卫门尉藤原村正"的"村正"，现存于东京国立博物馆。

村正做刀风格与关派兼定、平安城长吉二人极为相似，因此后世推测三人应该曾就锻刀技术方面有过不少交流。

至于"妖刀"的传说，序言和正文中也曾经提到过一点点。这个流传于日本民间的"妖刀"的传说，实际上是由德川家康家族和"村正"之间一连串的巧合有关。

天文四年（公元一五三五年），德川家康的祖父松平清康在尾张国守山被叛臣阿部弥七郎用一把村正从右肩直劈至左腹，痛苦挣扎了一炷香的工夫才殒命，死状极惨。

大概公元一五五三年前后（一说公元一五四七年），家康的父亲松平宏忠的近臣岩松八弥暗杀松平宏忠失败，而松平宏忠则被岩松八弥所持的村正斩伤了大腿，几近奄奄一息。

天正七年（公元一五七九年）九月十五日，德川家康的嫡子松平三郎信康因为被诬与甲斐的武田氏勾结，被迫在远江二俣城剖腹自尽[①]。原本死刑的执行人[②]和监视人，却是德川派系的服部半藏正成和天方山城守通纲。当信康以"十字腹"的方式切腹之后，三人都十分悲伤，半藏甚至无法按照约定举刀，以致让信康承受了不必要的额外痛苦（这恐怕也正是生性残忍的织田信长的

[①] 也是织田信长的命令。按照剖腹的类别分，应该算是"诘腹"之中的"无念腹"，但按事实来看，却似乎是称作"愤腹"更为妥当。
[②] 剖腹者通常不会马上死亡，这时执行人会送上致命的一刀，以显示施刑者的"仁慈"，这种行为称作"介错"。

本意。政治意义上，也可以给德川家族以警告）。最后还是监视人通纲勉勉强强地完成了介错。

而介错时用的这把打刀，又是"村正"。

家康本人更是两次被"村正"斩伤同一手指，一次是幼年时在骏河；另一次是关原合战时被部属织田河内守长孝由势州村正所制的长枪误伤。

这一切的巧合，让当时执掌日本大权的德川家康产生了莫名的恐惧感。为了保护德川家的统治不被"妖刀"所侵害，家康下达了"毁弃所有存世的村正制刀"的命令。持村正者都被视为蔑视幕府，不论阶层，一经发现即处极刑。

村正的持有者们，因为怜惜手中的利刃，多半选择将刀铭"村正"的"村"字磨掉，另在"正"字之下加上"宗"（"家""恒""宏""光"等字也有，该是不同的刀匠了），即改刀铭为"正宗"，以避过家康的责罚。

吕根曼老头收藏的那把改刀铭为"正宗"的村正，大半是我的杜撰。原形是东京国立博物馆收藏的一把室町末期的势州村正，刃长七十三点三二厘米，刀铭实为"村正"。

至于文中所描述的那套刀装，则完完全全是虚构的了。

附录三：关于麻醉剂和蘑菇毒素

1. 戊巴比妥钠麻醉剂

巴比妥类的衍生物是临床医学上最常使用到的麻醉剂种类之一。

按照麻醉剂本身的性质划分，医学上常用的麻醉剂大抵分为：挥发性麻醉剂（如乙醚、氯仿等）、非挥发性麻醉剂（如氨基甲酸乙酯、水合氯醛等），以及中成药类麻醉剂（如氢溴酸东莨菪碱，但并不常用）等。

文中提到的戊巴比妥钠，以及与之类似的苯巴比妥钠和硫喷妥钠（Sodium Pentothal），属于巴比妥类非挥发性麻醉剂，常通过静脉注射的方式给药。其具有使用方便、起效速度快、易于控制用量、一次给药维持时间长等优点，因此在现代医学及相关领域中有着相当普及的应用。

至于那柄麻醉手枪，其原型是在进行野生动物捕捉时所经常使用到的特制麻醉枪，这种枪通常只有一发子弹（当然也有装两发以上的，文中所使用的就是，笑）。所注射的特制戊巴比妥钠中还添加了一些其他的复合成分以便快速起效——如氯胺酮（Ketamine）、异丙酚（Propofol）等起效快但维持时间短的静脉麻醉药配合上适当的肌松药。虽然硫喷妥钠起效时间仅三十秒，可惜其水溶液并不稳定，需要现用现配，因此不适合用来作为麻醉枪子弹内的快速起效剂。

2. 鹅膏毒环肽（Amanitins）

此种最常含于鳞柄白毒鹅膏[①]以及条纹毒鹅膏（Amanita Phalloides）的恐怖蘑菇毒素，仅需要很小的剂量便可以致人死命[②]。

按照所含氨基酸数量来区分，鹅膏毒环肽类毒素则可细分为含有七个氨基酸的鬼笔毒素（Phallotoxins）以及含八个氨基酸的鹅膏毒素（Amatoxins），这两种毒素都能够直接入侵细胞核，通过与RNA聚合酶二型相结合的方式，阻止RNA以及蛋白合成的进行，而这个过程显然是不可逆的。宏观上说，即会造成肝脏、肾脏以及消化系统的永久损伤。

但此种毒素和氰化物不同的地方是，使用之后并不会在短时间内致命。中毒症状仅在足够量的细胞已被彻底损坏之后才出现。我在文中将毒素设置成"鳞柄白毒鹅膏提炼物"，其浓度大概是一般食用摄入剂量的二十倍，与静脉用麻醉剂戊巴比妥钠合用，可以造成一到两小时内麻醉窒息死亡的假象——被麻醉枪击中者并不会立即死亡，也不会出现显著的中毒症状（呕吐、腹泻、腹痛、心绞痛以及昏迷）。罗德大概是听从了他所雇用的职业杀手的建议，用这种绝妙的方法来避免文泽尔的怀疑。

---

① Amanita Virosa，由于这种野生蘑菇的外形异常美丽甚至被誉为达到了"蛊惑人心"的地步，因此也常被人们称作"致命天使"。
② 考证自《野生蘑菇图鉴》，大致为零点一毫克每公斤（LD50）——比之剧毒的氰化物还要小上一个数量级。

附录四：关于《自由意志市交通区划图》

在《自由意志市交通区划图》全图中出现的各个站点名称，并不是随意翻阅人名词典胡乱取就的。相反，这张图从策划、准备到制作，花费了我一个多月的时间。

这张交通地图的秘密，其谜面来自欧洲历史、德国政治、文艺复兴、金属冶炼、欧系小语种等各个方面——甚至有几组地名，当你了解了它们的真正含义之后，会忍不住想要笑出声来。

随便举个例子，比方在区划图的第二区间里，我们很容易找到"阿夫里奥街""西迈拉街""赫塞斯街"和"历史博物馆"这四个紧密相邻的站名——而实际上，在希腊语中阿夫里奥 [αυ(/)ριο]、西迈拉 [ση(/) μερα] 和赫塞斯（χθες）（注：括号内为重音符号）分别是明天、今天和昨天的意思。时间向前倒溯，自然就来到了"历史博物馆"。

又比方南门监狱附近的坎德勒瓷器厂和伯特格尔教堂这两站。在国际收藏界享有盛名的德国梅森瓷器，其起源和这两个名字可是大有渊源。

请原谅我在此不将所有的这些秘密一一写出，而是留给大家慢慢琢磨。请相信，解开这张颇有些复杂的地图的全部秘密之后，你会得到不少新的知识。

另外，如果能有一本德汉字典在手，相信你能享受到更多的乐趣。

希望大家玩得愉快！

图书在版编目（CIP）数据

冷钢 / 文泽尔著.——北京：新星出版社，2020.7
ISBN 978-7-5133-3694-9

Ⅰ.①冷… Ⅱ.①文… Ⅲ.①推理小说－中国－当代 Ⅳ.① I247.5

中国版本图书馆 CIP 数据核字（2019）第 182849 号

午夜文库
谢刚 主持

冷钢

文泽尔 著

责任编辑：曹晓雅
特约编辑：刘 琦
责任校对：刘 义
责任印制：李珊珊
装帧设计：hanagin

出版发行：新星出版社
出 版 人：马汝军
社　　址：北京市西城区车公庄大街丙3号楼　　100044
网　　址：www.newstarpress.com
电　　话：010-88310888
传　　真：010-65270449
法律顾问：北京市岳成律师事务所

读者服务：010-88310811　　service@newstarpress.com
邮购地址：北京市西城区车公庄大街丙3号楼　　100044

印　　刷：北京美图印务有限公司
开　　本：910mm×1230mm　　1/32
印　　张：8.75
字　　数：127千字
版　　次：2020年7月第一版　　2020年7月第一次印刷
书　　号：ISBN 978-7-5133-3694-9
定　　价：42.00元

版权专有，侵权必究；如有质量问题，请与印刷厂联系调换。